どうしてわたしは
あの子じゃないの

寺地はるな

双葉文庫

目次

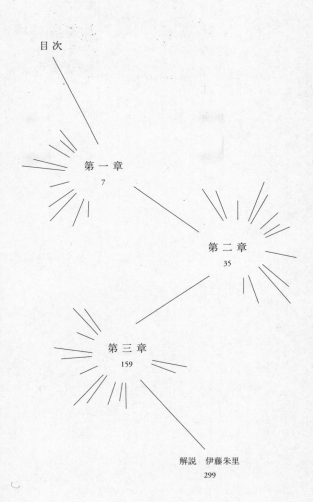

どうしてわたしはあの子じゃないの

第一章

人を蹴るのははじめてだった。日常的に暴力をふるうような生きかたはしてこなかった。ふるわれることはあっても、だ。小学四年生の頃に「ぷくにゃんシール事件」というのがあって、その時オカモトサツキちゃんにビンタした、それが唯一の肉体的な加害の記憶だった。

オカモトサツキちゃんはわたしが通っていためちゃくちゃ山奥村立過疎地小学校こと肘差《ひじさし》村立肘差小学校の女王様（学年限定）だった。他の女子が自分の好きな男子と喋っただけでクラス全員に「今日からあの子のこと、全員無視ね」とおふれを出したり、他の女子が持っているかわいい文具を有無を言わさず没収したりと、圧政をしいていた。

「それかわいい、ちょうだい」

わたしのシール帳を指さすオカモトサツキちゃんの口調はお願いの態《てい》でありながら、完全なる命令だった。

ちなみにぷくにゃんというのはその頃はやっていたキャラクターだ。文字通りぷくぷくした猫で、すごく人気があった。直径三センチほどのぷくにゃんシール、わたしはそれを友だちのミナからもらって以来、どのシールよりも大事にしてきた。シール帳は当時、小学生女子の社交における重要なアイテムだった。かわいくてめずらしいシールをあげるのは友情のあかしで、いかに相手が女王であっても差し出すわけにはいかなかったのだ。

断る、と言ったら「天かすのくせになまいき！　バカ！　ブス！」と詰《なじ》られ、カッとなってビンタしてしまった次第だ。ひねりのない罵倒に加えて、「天《てん》」というわたしの名前をもじったへんなあだ名で呼ばれて、つい手が出た。

頬をはられ、たぶん親にも殴られたことがなかったオカモトサツキちゃんはびっくり仰天顔を覆って泣き崩れ、職員室から先生が飛んできてとんでもない騒ぎになった。その後、両成敗ということで（「ごめんね」「いいよ」）カタがついたのだが、ほんとうは今でも正当防衛だったと思っている。わたしは彼女の頬を叩くことで守ったのだ。シールだけじゃない、わたしの尊厳を。オカモトサツキちゃんの言いなりになる未来から、自分自身を守り抜いた。

そうだ。守らなければならない。はっと我に返って、背中を蹴られてぼうぜんとしている男に向き直る。

「出てって……いや、出ていけ。今すぐ」

都合二ケ月、一緒に暮らした。男がこのわたしの住むアパートに転がりこんできたのだ。知り合った時点で宿なしだった。インターネットカフェとか知り合いの家を転々としていたという。はじめて会った時、男はわたしが小説を書いていることを知るや否や、「じつは、俺は小説家になる予定なんだが」と言った。俺も書いている、ではない。「君はかわいいだけじゃなくて、他の女の子にはないなにかがあるね……なにかはわかんないけど……」という言葉は、「美しい」や「素敵だ」よりもずっとわたしの心を揺らした。あらためて言葉にしてみると自分のバカさにはやくも嫌気がさしてくるけれども、砂漠をひとり彷徨《さまよ》い歩いた末に人の姿を見れば、誰だって縋《すが》ってしまうのではないだろうか。しかし、男はわたしの書いた小説を一度たりとも読みたがらなかった。自分の書いたものを読ませてもくれなかった。好きな作家は誰？　影響を受けた本は？　というような話題にもいまいち食いつきが悪い。ついでに働いていなかった。わたしがスミレ製パンの工場に出勤する前も、帰ってきた後も、副業であるウェブライターとして記事を書いている時も、料理をしている時も、ずっとピコピコピコピコとスマートフォンでゲームをやっていた。そしてこの二ヶ月のあいだ、ただの、ただの、ただの一文字も小説を書く姿を見せてくれなかった。ここには鉛筆も紙もある。中古のノートパソコンだってある。おそろしく狭いが、駅から遠いがゆえに静かなこの部屋がある。「書けない」なんてことがあるのか。

だからさっき、どうにも我慢できなくて「なんで書かないの？」と訊《き》いてしまった。

男の返事は「文章っていうのは、とつぜん降りてくるものだろ、今はそれを待ってるところなの」というもので、あまつさえわたしに背を向けたまま「天がこづかい稼ぎに書いてるような、そんな二束三文の記事とは違うんだよ」とまで言い放った。

「出ていけ！　出ていけ！」

襟首を摑んで、玄関までずるずる引きずって外に追いやった。怒りのせいか普段以上の力が出る。たぶん今なら孫や犬や猫の力を借りずともひとりで大きなかぶを引っこ抜ける。孫も犬も猫もいないけど。

ゴミ袋を取り出して男がここに持ちこんだものどもをかたっぱしからつっこんでいく。脱ぎ捨てたTシャツ、歯ブラシ、わけのわからない鹿のオブジェ。そういえばこの人一冊も本とか持ってないんだけど、ほんとに小説書いてんの？　わたし騙《だま》されてたんじゃないの？

「天ちゃん、悪かった、悪かったたって、取り消すよ」

ゴミ袋を投げつけ、ドアを閉めようとしていると男が半身を挟んできた。うっせバーカバーカと絶叫し、思うさま足を踏みつけ、男が怯《ひる》んだすきにすばやくドアを閉め、鍵とチェーンを掛けた。

そんなに簡単に取り消すぐらいなら、言っちゃいけない。だって、言葉はいっぺん相手にぶつけてしまったら、もう取り消すことなんかぜったいできないんだから。男はしばらく「天ちゃん、天ちゃん」と喚《わめ》きながらドアを叩き続けていたが「警察呼ぶよ！」と怒鳴ると、静かになった。しばらくしてドアスコープからのぞいたら、もうそこに男の姿はなかった。

蛇口のレバーを押し上げ、グラスを満たす。ひどく喉が渇いていて、立ったままただの水道水を二杯も飲んだ。ミネラルウォーターを買うのは贅沢。そういう価値観を採用せざるを得ない、そんな暮らしをしている。

ちょっと、弱ってたんだと思います。頭の中で、架空のインタビュアーに向かって言った。電話をかけて長々と愚痴をこぼすことを許してくれるような友人は、わたしにはいない。架空の存在を相手に言語化し、感情を整理するしかないのだ。

男性と交際した経験はあります。二十三歳から二十五歳までの期間です。別れてもう五年か。仕事ですか？　スミレ製パンという会社に勤めて、もう十年以上になります。今やベテランですよ。みんな結婚とか、給料の安さに耐えきれないとか、そんな理由でやめていきました。高校を卒業してすぐ就職したのかって？　あ、いえ、卒業して半年ぐらい経ってからですね。うん。理由？　ノーコメント。

わたしの後から入ってくる人は、既婚者が多いですね。結婚願望？　ありません。働いて、小説を書いては投稿して、最低限の家事をして、それで精いっぱい。結婚だなんて、そんな重い荷物を新たに抱えるわけにはいきません。だけど、やっぱりこの先もずっとひとりなのかなって不安になることはありますよ。心を許せる相手は、わたしだって欲しい。そりゃそうです。でも、動物を飼うことには大いなる責任が伴います。だから観葉植物、そう、観葉植物を買おうかな、やっぱパキラかな、なんて考えていた矢先でした。

あ、はい。さっきの男と出会ったのは、って話です。え？　じゃあ、あんなふうに蹴って追い出すことないじゃないかって？　いや、だって二束三文ですよ、二束三文。他人の仕事を「二束三文」なんてバカにするやつとこれ以上一分一秒たりとも関わってられっかよ。な、そうだろ？　あんたもそう思うだろ？　な？

ふと見ると、床になにかが落ちていた。直径三センチほどの、透明のパッケージの切れっ端のようなもの。ゴミ箱をのぞくと菓子パンの袋がちいさく折りたたんで捨てられていた。スミレ製パンの商品じゃないから、わたしに気を遣ってこっそり食べていたのだろうか。

気の遣いかたがずれてるし、おまけにツメが甘いんだよな、と思いながら袋の切れっ端をつまみあげ、ゴミ箱の蓋を閉めると同時に男との恋とも呼べないような日々は完全に消滅した。よし。これでいい。そう呟いて、三杯目の水を飲み干す。

流れてくる。ショートケーキが、ベルトコンベアの上を流れてくる。

九州一円にパンを卸しているスミレ製パンだが、じつは洋菓子や和菓子なんかも製造している。去年、俳優の深瀬《ふかせ》ゆいが「子どもの頃から食べてた、大好きなパン」と、スミレ製パンの看板商品であるアンズパンをSNSかなにかで紹介し、一時期は全国から注文が殺到してどえらいことになった。わたしはもともとそのアンズパンのラインにいたのだが、ケーキ担当のパートさんがふたり同時にやめてしまったため、先月からこっちにまわっている。

本日のわたしの担当は流れてくるケーキを台紙の上にのせることだ。休憩時間まで延々と、これをやる。工程はかなり細かく分かれている。ケーキに苺をのせる、台紙にのせる、トレイにのせる、蓋をかぶせる。向かい合わせに立っているのは内藤《ないとう》さん五十代、この道三十年のベテランだ。私語厳禁なので、言葉は交わさない。視線だけで通じ合う。もしかしたら通じ合っていると思っているのはわたしだけかもしれないが、それでも内藤さんとペアを組んでいる時にはヘマをしてベルトコンベアを止めたことは一度もない。息の合わない相手だと、もたもたわちゃわちゃして苺をのせられないままのケーキを流したりケーキを倒したりして、班長に死ぬほど罵倒される。

ケーキ、ケーキ、ケーキ。就職したばかりの頃は甘い匂いにげんなりして食欲がなくなったりしたけど、もう慣れた。いつ何時でもおいしくごはんがいただける。ケーキ、

ケーキ、またケーキ。ひたすら台紙にのせる動作を繰り返す。これはわたしのやりたかった仕事じゃない。でもそんなことは今関係ない。ケーキの台紙がぐちゃっとなっていたりずれていたりしたら、買った人はがっかりする。

スーパーマーケットのデザート売り場に置かれるケーキだ。洋菓子店ではなくスーパーで買う理由は人それぞれだろうが、わたしはいつも「残業でヘロヘロに疲れて、スーパーに弁当を買いに来た会社員がせめてもの自分へのご褒美にと購入する」光景をイメージして仕事をしている。洋菓子店にわざわざ足を運ぶ元気もない彼らは、夕飯の弁当（値引きシールが貼られていて、家に帰りつく頃には飯やおかずが端によってしまっている、あの弁当）とともに、このケーキをそっとカゴに入れる。今日はほんとうに疲れたし、これぐらい、いいよね。とかなんとか、自分に言い聞かせて。

そんな人たちに、いいかげんな気持ちで台紙にのせたケーキなんか食べさせてはいけない。会社員キミコ（仮名）あるいはマサオ（仮名）は、毎日必死でがんばっているんだから……。

十一時三十分になると、聞く者すべてを不安にさせる大音量のサイレンが鳴る。休憩時間を伝える音だ。休憩はうれしいが、音があまりに不穏なので毎日ごく微量のストレスを感じている。休憩室に向かい、家から持ってきたおにぎりをものの三分で食べ終えた。そそくさとスマートフォンを取り出す。今日は「小説ミモザ新人賞」という公募の賞の選考結果が発表される日なのだが、サイトのトップページを開いてみてもまだ更新されていなかった。なんだよ。がっくりしつつも、まだスマートフォンをしまうことはできない。「福岡に行ったらぜったい買いたいおみやげ・スイーツ編8選」の記事を今週中に書いて送る約束だ。休憩時間に下書きをしておきたい。

休憩室のウォーターサーバーの前に立ち、やはり水道水とは違うなと思いながら二杯飲んだ。スマートフォンのメモ帳を開こうとした指が、誤ってニュースアプリのアイコンに触れてしまった。

――九州女子中学生連続誘拐殺人事件　犯人逮捕か

「逮捕」の文字が目に入って、画面を閉じかけていた手を止める。千葉小四女児誘拐事件の容疑者が九州女子中学生連続誘拐殺人事件の手口を供述。死体遺棄容疑で再逮捕。読みすすめるうちに、頭の中で練っていたおみやげ・スイーツ編の記事の内容がぜんぶふっとんだ。

「内藤さん」

隣でお弁当を食べていた内藤さんに、画面を見せる。

「覚えてます？　女子中学生連続殺人事件」

わたしの手からスマートフォンを受け取った内藤さんはしばらくのあいだ顔から離したり近づけたりして画面を睨《にら》んでいたが「字のちいさかねえ」と呟いただけだった。

「そういえばずいぶん前にそんな事件あったねえ。三、四人ぐらい被害者出てなかった？」

「五人です。わかっているだけでも」

「くわしいね」

「女子中学生だったんで。わたしも、その頃」

ひとりで歩いてはいけない、という通達が学校から出された。十六年前のことだ。その頃わたしのおこづかいは一ヶ月に三千円で、自分が住んでいる村がきらいできらいでたまらなかったのに、出ていくことができなかった。だって、十四歳だったから。

福岡で四人、最後に佐賀でひとり。事件の被害者の内訳。だから、九州女子中学生連続誘拐殺人事件と呼ばれている。男は先月、千葉で女子小学生を誘拐・監禁し、逮捕された。その小学生の女の子は現在無事保護されているという。十六年前の事件については、取り調べの最中に明らかになったらしい。

「お疲れさまです」

帰り際、内藤さんが「たまには友だちと遊びんしゃいよ」と声をかけてくる。仕事終わりや休日に遊ぶような友人はいない。同級生とは連絡をとりあっているが、みんな住まいが遠い。

「さびしい生活やねえ」

「他人は自分のさびしさを埋めるために存在するわけじゃないですから」

そうだ、その通りだ。自分で言って自分で反省する。わたしはさびしさを埋めるためにあの男を利用した。ドアノブに手をかけようとして、思い直す。

「あの、内藤さん」

「うん？」

内藤さんの「う」の発音は「あ」に限りなく近く、その返事はいかにもかったるそうに更衣室に響いた。

「なんでわたしはこの人じゃなかったんだろう、って思う時ありませんか？」

「なんて？」

ロッカーの扉の内側についた鏡で髪を直しながら、内藤さんが声を張り上げる。無意識のうちに、普段よりちいさな声で喋っていたようだ。

「さっき、殺人事件の話をしたでしょう。ああいう事件があった時に、です。被害者と自分に、どれほどの違いがあったっていうんだろう、って思うことはないですか？　みんなそういうふうに思うから、たいした違いがないってことがわかるから、被害者の落ち度をさがすんじゃないんでしょうか。夜道をひとりで歩いていたのがいけないとか、警戒心がないとか。自分とは違う、だから自分はこんな目には遭わない、って、安心したくて」

内藤さんは髪を直す手を止めずに、視線だけをわたしに向ける。

「あんたはね」

「はい」

「性格が、暗い。ごちゃごちゃ考えすぎ」

性格が暗い。明るくほがらかな人間ではないという自覚はあったが、面と向かって言われるとなかなか胸に来るものがある。

「ついでに言うけど、経理の山下《やました》さんがあんたのことこわいってさ。目がこわいって。喋る時にじーっと人の目を見るから」

大柄な中年の男性である山下さんがわたしを本気でこわがっているとは思えなかったが、「気をつけます」と頷いておいた。そうした指摘をされるのは、じつはこれがはじめてではない。最近読んだ本に「あまりにも相手の目をまっすぐに見つめすぎるのはよくありません、動物の世界では威嚇や攻撃を意味する行為です」と書いてあった。

お疲れさまです。頭を下げて、休憩室を出る。

アパートまで徒歩十六分の道を歩きながら、スマートフォンを取り出す。「小説ミモザ新人賞」の選考結果は無事発表されていたが、そこに「三島《みしま》天」の名前はなかった。

このタイミングで連絡がないということはとうぜん最終選考には残っていないということであると見当はついていた。でも一次選考ぐらいは通っているかも、と淡い期待を抱いてもいた。「くやしい」という気持ちに、少量の「またか」が混じる。「またか」は紅茶に注いだ牛乳のようにわたしの視界を曇らせる。今は少量だが、いつか「またか」は閾値《いきち》を超える。そうすればわたしは、小説を書く気力を完全に失う。

西日がちりちりと剝き出しの腕や首筋を焼く。工場の裏手には田んぼがある。田植えが終わったばかりの頃はよく水面に反射する太陽に目をやられていたのだが、今は稲が青々と茂って、水面を覆い隠している。

これまではイヤホンで音楽を聴きながら通っていたのだが、このあいだ後ろから来た自転車に気づかずに激突されたのでやめた。音楽を聴かないかわりに、小声で歌いながら歩く。ドラッグストアの前を通りかかったら、俳優の深瀬ゆいの口紅のポスターが目に入った。あえてたっぷりと十秒以上も見つめてから、通り過ぎる。自分の心をざわつかせてなにが楽しいのかと思うが、やめられない。

CM契約数ランキングで女性芸能人一位の座を二年連続で守り、整い過ぎて似顔絵が描きにくそうな顔をしている彼女は最近俳優業のみならずCDデビューも果たした。わたしの心をざわつかせるのは彼女本人ではなく、デビュー曲の作詞作曲を担当したのがあの安藤針《あんどうはり》だということだ。

十歳のあの日、歌声を耳にしてからずっと、安藤針はわたしのすべてだった。テレビで歌う時はいつも背中がざっくり開いたドレスとか、黒い革のぴったりと身体に張りつくような服を着ていて、鮮烈で強烈で激烈でとにかくとにかくかっこよかった。それまでに聴いたことのあるどの曲とも違ったし、声そのものが未知の楽器みたいだった。女を売りにしている。媚びている。うちの両親はそんなふうに詰って、わたしが安藤針のファンであることをすごくいやがっていた。媚びなんかじゃない。インタビューに答えている時も、歌う時も、安藤針はまっすぐに相手やカメラを見つめる。睨んでいる、と言ってもいいぐらいだ。上目遣いをしたり、しなをつくったりしない。「癒やし」とか「愛され」というようなワードをいっさい寄せつけず、超然としている。

歌いながら歩き続ける。彼女の歌には、東京の地名がよく出てくる。だからわたしは昔安藤針とセットで、自然に東京という土地に憧れるようになった。たぶん、安藤針がパリに住んでいたらパリに、上海《シャンハイ》に住んでいたら上海にごく当然に憧れ、同じ地に立つことを夢見ただろう。

彼女の歌をはじめて聴いた時の心の震えと同種のものを、わたしは小説というかたちで、表現できたらと思っていた。わたしは安藤針に出会って、やっと知ったから。世界ってあるんだ、ということを。自分が今いるここではない場所に世界はある、と知った。だから、生きていけた。生きていようと思えた。そんなふうに今どこかで息苦しい毎日を送っている自分のような人が、すこし先の未来に光を感じられるような小説を書きたいと思うようになった。そういうものが書けたとしたら、もしいつか安藤針に会えた時にもきっと堂々と背筋を伸ばして立っていられる。

でも実際のところ、わたしが書いた小説は、誰からも求められていない。必要とされていない。自分が天賦の才能を持ち合わせていないことは三十歳にもなればわかる。だからこそ立ち止まって他人をうらやんでいる暇などないのだが、脳内ではさっき見た新人賞の選考に残った人たちの名前が映画のエンドロールのように繰り返し流れ続けている。わたしと彼らではなにが違うんだろう。この人たちにあって、わたしにないものは、いったい、なんだというのだろう。


高校生の頃のわたしは、卒業したら「家から通える短大に進学する」ｏｒ「父のコネが利く農協か農協が母体のスーパーか自動車販売会社に就職する」の二択を親から迫られていた。小説はどこにいても書けるなんていうけど、そんなの嘘だと思っていた。書けるかもしれないけど、ただ書けるだけではだめなのだとも思っていた。

親の提案を突っぱね続け、進路未定のまま高校の卒業式を迎え、その翌々日に家出をした。わたしの人生において、四年ぶり二度目の家出である。一度目の家出については、今は思い出したくない。二度目は夜行バスで東京に行った。行けばなにかしら、住むところと仕事が見つかると思っていたわたしは、ほんとうに浅はかだった。どうにも、なんにもならなくて、泣きながら家に電話をしたら、父に怒鳴られた。「二度と帰ってくるな」「お前のことはもう娘と思わん」「十八年も食わせてやったとに」とか、飼い犬に手をどうこう、みたいなことを、いっぱい言われた。知り合いにかたっぱしから連絡をとり、福岡の大学に通っている子が心配して「ちょっとのあいだなら泊めてあげられる」と言ってくれたから、藁《わら》にも縋る思いで福岡まで行った。

彼女のワンルームのアパートに居候しながら社員寮のある職場をさがして、ようやく見つけたのがスミレ製パンだった。専用の社員寮はなかったけど、アパートの家賃を補助してくれると聞いて、一も二もなく決めた。それがこの部屋だ。もう十年以上住んでいる。

両親とはそれから一度も会ってない。いちおう住所や連絡先は教えているが、兄と母はわたしを訪ねることを父に禁止されているという。こっちから会いにいったら負けって思っとるっちゃろう、とは兄の弁で、なるほどいかにも父らしい考えかただった。

食事の用意をするのが面倒で、ボウルの上でグラノーラの箱を傾ける。内藤さんから、開封済みの箱を渡された。ドラッグストアで安売りしていたので買ったが口に合わないのであんたにあげる、と。昔はこういうシリアル的な食べものに憧れていたが、腹にたまらないと知ってからは自分では一切買わなくなった。わたしは食べかけだろうがなんだろうが人がくれる食べものはとりあえずもらうし、たとえ口に合わなくてももったいないのでぜんぶ食べる。

グラノーラがざらざらと音を立ててこぼれていく。牛乳もなにもかけずに、スプーンですくって食べた。ろくに嚙まずに飲みこむと、喉や食道をひっかくようにして胃の底に落ちていった。

スマートフォンが鳴り出す。ミナからの電話だった。ミナとは頻繁に連絡をとりあっているわけではない。たまにミナから「元気？」みたいなメッセージが来て、それに返事をして、そのうち会いたいねという話にはなるのだが、いつも話だけで終わる。

五年前に結婚式の招待状を送ってくれたのだが、行けなかった。お金がない、という理由を正直に伝えた時、ミナは東京までの往復の交通費は自分が出すから、とまで言ってくれたけど、そんなことをされたらなにかが終わってしまう気がして、かたくなに拒んだ。

だからミナとは、もう十四年以上顔を合わせていない計算になる。ミナが小学二年の時にわたしの故郷の村へ転校してきて以来ずっと一緒だったが、ミナは中学を卒業すると同時にまた東京に引っ越した。

グラノーラを飲み下して電話に出ると、ミナが「もしもし」と言う前にしばらく間があった。

「天？　今だいじょうぶ？」

「うん。なんで？」

声がへんだったから、とミナは心配そうな声を出す。

「ごはん食べてて、いそいで出たからだと思う」

「ああ、そうだったの。ごめんね」

「いいよ。たいしたごはんじゃないし」

わたあめみたいにふわふわして甘い声。最後に電話で話したのがいつだったかもう思い出せないけど、聞くたび、ああそうだったと思う。ミナの声はこんなふうにふわふわしていて、甘いのだったと。

「このあいだのブックレビュー、読んだよ」

「ああ、ありがとう」

「すごいね。いつもどうやったらこんなふうに書けるんだろうって思っちゃうよ。わたしだったら『おもしろかった、感動した』で終わっちゃうもん」

日々、膨大な量の記事が更新されるインターネットの世界。ここにいます、ここで書いてますと必死に手を挙げても、あっというまに埋もれて見えなくなってしまう。その中でわたしの記事をわざわざさがしてまで読んでくれるような人はたぶんミナだけだ。

どこかで記事を書くたびSNSで告知しているが、反応があったことはない。ミナだけが「良かったよ」とか「すごいね」とか、ありがたいメッセージをくれる。自分でも気づかぬうちにしみ出してきた涙をティッシュで押さえる。こんなことで泣くなんて、わたしはやっぱり弱っているのかもしれない。

「でもすごいよ、文章で稼げるなんて」

「稼ぐ」というほど立派なもんじゃない。子どものおこづかいぐらいの原稿料しかもらっていない。

「スミレ製パンのほうはどう?」

「うん、相変わらず」

十代の頃からずっと同じ会社に勤めている。そのことについてもミナはすごいよね、えらいよね、と繰り返し感心してくれる。東京に引っ越したミナは私立の女子校に入学し、大学を卒業した後に就職した会社の先輩と恋仲になり、わずか二年で寿退社した。結婚後も仕事はしていたが、どこでもあまり続かないようだ。もしかしたらミナは本気で「すごい」と思ってくれているのかもしれないが、言われるたび、また心がひりひり痛みだす。ミナがすぐに仕事をやめられるのは、余裕があるからだ。実際のところ、働かなくても旦那さんの収入でじゅうぶん食べていけるのだろう。わたしはそうじゃないから、とくに好きじゃない仕事でも必死でしがみつくしかない、ただそれだけだ。ちっともすごくなんかない。

なりたいのはそれこそ「文章で稼げる人」であって、ミナのように主婦になりたいと思っているわけでもないのに、気を抜くと友をうらやむ気持ちが灰汁《あく》みたいに浮いてくる。四六時中生活費について考えずに過ごせる生活ってすごく楽だろうな、という醜くて臭い灰汁だ。

「……聞こえてる？　天」

いつのまにかかたく目を閉じていたわたしは、話を聞き逃したらしかった。

「ごめん。なに？」

「あのね、復活するんだって。浮立《ふりゅう》」

「え？」

「肘差浮立」

訊き直したのは、聞こえなかったせいではない。理解しがたかったからだ。

「だって、衣装とか面とかぜんぶ燃えたんじゃなかった？」

神さまのたたり。バカみたいなことを大まじめに言っていた大人たちの顔が次々と浮かぶ。肘差浮立はわたしたちが育った村で毎年行われていた神事芸能なのだが、十六年前のある事件をきっかけに廃絶されたはずだった。

肘差村は十四年前市町村合併で耳中《みみなか》市肘差となり、それに伴って浮立に続きいろんな行事が取りやめになった。花火大会も、秋祭りも、ぜんぶなくなった。予算がどうとかいう話で。

「なんか、新しい時代の幕開けに、みたいなこと言ってたけど。遠藤《えんどう》さんが」

「ミナ、遠藤さんと連絡とりあってんの」

「うん。へん?」

いやべつにへんではないけど、と口ごもる。へんではないが、新しい時代の幕開けにカビの生えたような伝統行事を再開するのか、という思いはある。

「なつかしいよねえ。毎年夏休みに、みんなで練習したもんね」

甘い声が、ほんのりと湿り気を帯びる。

「わたしは、なつかしくない」

笛と太鼓の音や、太陽を受けた天衝《てんつく》が放つぎらりとした光や、鬼の面に怯える子どもの泣き声や、祭りの後の宴会に興じる村のおっさんたちの赤ら顔、打ち上げ会場の『喫茶かなりや』からもれ聞こえるへたくそなカラオケの歌声などが一瞬にしてよみがえって、もうそれだけで胸やけを起こしそうで、しみじみ過去をなつかしむ気にはなれなかった。

「で、ミナはそれをわたしに教えるために電話をくれたの?」

半分以上残っているグラノーラのボウルに目をやる。もうひとくちも食べる気がしない。

「あ、違うの違うの。荷物を整理してたらね、手紙が出てきて」

ほら、卒業式のすこし前に書いたでしょ。三人で。そう言われても、なんのことなのかわからなかった。

「三人？」

「わたしと天と、藤生《ふじお》の三人で」

　名を聞いたら、みぞおちのあたりが鈍く痛んだ。藤生とはミナのように連絡をとりあっているわけではなく、そのせいか「あの頃」で時間が止まっている。どんな気持ちで「あの頃」の藤生について考えればいいのかわからなくて、心の隅のほうに追いやってなるべく思い出さないようにしていた。

「もしかして、それって二十歳になった、ミナと藤生への……」

「うん、そうそう」

　ミナは藤生とわたしへ、藤生はわたしとミナへ、それぞれ書いて封をした。中学卒業直前のわたしたちにとって「二十歳になること」は、まだずっと遠いことに思えた。三人ぶんの手紙を、ミナが預かった。たしかチョコレートの缶に入れて。二十歳になったら会えるかな。もし会えなかったらこの手紙を読もう。わたし、ちゃんとふたりに送るよ。約束ね。ミナはたしか、そう言っていた。でも結局「二十歳になったら会う」という約束は果たされなかった。手紙も送られてくることはなかった。たぶん忘れていたのだろう。忘れてくれたことに、二十歳のわたしはほっとしていた。きっとゴミに紛れて捨てられたんだな、と思っていたのに今頃になって「荷物を整理してたら」などとのんきにのたまう。

「ミナ、もう読んだの？」

「ううん、まだ。十年以上も忘れてたのに、自分のぶんだけ読んだらなんか悪いじゃない、ふたりに」

十年以上も忘れていたのに、なぜ今になって思い出したのだろう。ミナは「んー。まあ、ふふ」と濁す。わからない時やなにかをごまかす時に笑うのは、昔からの癖だ。

「これ、送ろうかと思ってるんだけど」

ミナの語尾がくるんと丸くなる。相変わらずかわいらしい喋りかたをするが、今はそのかわいさを味わう余裕はなかった。

「わたしは、あの、読みたくない。というか、読んでほしくない。ごめん」

「あ、恥ずかしい？」

「そうじゃなくて」

「じゃあ、どうして？」

スマートフォンを持ち替えて、どう答えるべきか考える。現在のミナが知る必要のないことが書いてあるからだよ、なんて言ったらかえって読みたくなってしまうかもしれない。そしてミナはおっとりしているように見えてけっこう意固地なところがあるから、へたに刺激すると有無を言わさずこの場で開封してしまうかもしれない。ミナが黙りこんだ、と思ったら、「そうだ」とやけに明るい声を発する。

「天、いいこと考えた。みんなで会って読まない？　『せーの』で開けて読むの。ひさしぶりに会いたいし」

天にも、藤生にも。ミナがそう続ける。わずかに声が甲高くなったように聞こえた。あの頃のミナはほんとうにかわいくて、みんなに好かれていた。男子からの告白を受けたことも一度や二度どころではない。でもミナは、藤生だけが好きだった。

「来月の浮立の時に、みんなで会おうよ。肘差で。わたし、見にいこうと思ってたんだ」

「えっ」

なんで肘差で？　声が裏返ってしまう。

「せっかくだから」

なにがせっかくだからなのか理解できないまま、ああ、うん、と相槌を打つ。

二度と帰ってくるな、と父に言われたこと。そして実際、故郷に足を踏み入れていないこと。そのことはミナには話していない。話す必要がなかったから。

「休みがとれるかどうかわかんないけど」

わたしの声が震えていることに、ミナはたぶん気づいていない。お願いね、とかわいく言って電話を切った。スマートフォンをたっぷり数十秒見つめたのち、のろのろとべランダに出た。吾輩はカニである。なぜならアパートのベランダが狭すぎるから。カニみたいに横歩きするしかないので、カニである。その狭小なスペースに小ネギや大葉を育てるプランターを置いているものだから、つまさき立ちのカニである。名前は三島天。言葉はいっぺん相手にぶつけてしまったら、もう取り消すことなんかぜったいできない。他人に向けた言葉がそのまま自分自身にはねかえってくる。わたしは自分が書いた手紙の文面をそっくり覚えていた。あれは「せーの」で読むような、そんな愉快なものではない。

顔を上げると月も星もなく、息のつまるような藍色の空がわたしを見下ろしていた。

第二章

天

日頃のおこないがどうとか、うちの親はよく口にする。子どもの頃から数えて何千回も何万回も聞かされてきた気がする。自分が年賀はがきの三等に当たったのは日頃のおこないが良いからで、遠足が雨で延期になったのはお前の日頃のおこないが悪いから。神さんはちゃんと見とらすっちゃけん。「神さん」という呼びかたが好きじゃない。友だちか？

父がこのあいだ買いかえたばかりの薄型テレビの画面はかなり大きい。でもわたしにはチャンネルを選択する権利がない。「俺が買ったテレビだ」というわけで、父がチャンネル権を独占している。

そういうわけで父の在宅時、うちのテレビにうつしだされるのはニュース番組、野球か相撲、たまにクイズ番組となっており、アニメだとかドラマだとか音楽の番組なんかはぜったいに見せてもらえない。低俗なテレビを見ているとバカになるのだそうだ。どうも自分で自分のことを高尚な人間だと思っているらしい。

「やっぱり新しいテレビはよかねえ」と満足げに呟く父から顔をそむけて、ごはんを口に押しこんだ。以前の古いテレビはうつりが悪かった。ざーっという音を立てて画面が乱れるたびに、父はテレビを叩く。叩くたび、勢いが増す。父がテレビを叩く音を聞いていると水の中に入ったように耳の奥がぼんやりしてきて、頭が鈍く痛みだす。

朝ごはんのメニューはいつも同じだ。お味噌汁と白飯。おかずはない。兄は高校の野球部の朝練があるから、六時台のバスで登校する。したがって朝食はいつも、三人でとることになる。兄がいたって、楽しくないことには変わりないけど。

鍋や炊飯器に入っているのを自分でよそう。みんな忙しいのだから自分のことは自分でする。それはもちろんかまわない。だけど「用意するのが楽だから自分のぶんだけでも朝ごはんはシリアルにしたい。おこづかいで買うから」と申し出たら猛反対されたのは、いまだに納得いってない。要するに父も母も、娘が自分たちの言うとおりにしない、ということが気に入らないだけなのだ。

「天、あんた今日通知表もらうとやろ」

母が急須を持った手をくるくるまわしている。

「ちゃんと見せないかんよ、わかっとるね」

そこまでくどくど念を押さなくても、通知表を見せなかったことなんて今までに一度もない。

「わかってる」

ワカッテル。父が甲高い声で、わたしの真似をする。わたしが方言を使わないことを、父と母は「気取っている」と言って、ひどくバカにする。

「小説かなんか知らんばってん、そげなもんに気ば取られとるけんお前は勉強ができんとぞ？」

反論できない。中学に入ってから成績がどんどん落ちている。このあいだ、夜中勉強するふりをしてこっそり本を読んでいたことがばれて、椅子から転げ落ちるほどの勢いで頭を叩かれた。父は「叩けば直る」と本気で思っている。家電も子どもも、叩けば直る。

お兄ちゃんはできたけどね、と母は嘆息する。勉強もスポーツも親が「やれ」と言う前にはじめたという兄は、春から耳中東高に通っている。このあたりの成績が良い子はみんな耳中東高に行くのだ。合格発表の日の両親の晴れがましい顔といったらなかった。耳中東高は、これまでに二度ほど甲子園の出場経験がある。もし兄が在学中に甲子園に行くことが決まったら、父と母は狂喜乱舞し鼻血が止まらず出血多量で死んでしまうかもしれない。

自由にチャンネルを変えることすらままならないぴかぴかのテレビを見つめながら、お味噌汁を飲んだ。いまだ犯人が見つかっていない、女子中学生連続殺人事件のことを話している。被害者はこれでもう五人目だ。福岡で四人、佐賀でひとり。一昨年の四月に久留米《くるめ》市で最初の被害者の遺体が発見され、いちばん最近では先月。いずれも絞殺したうえ遺体を路上に放置する、というやりかたで、同一犯とされている、らしい。

全校集会で、全女子生徒に向けて「女子は暗くなったらひとりで出歩かないこと」というおふれが出た。同じ佐賀県でも被害者が出た、ということで危機感が強まったようだ。

今日の終業式でも、たぶん校長はまた同じことを言うんだろう。

去年、痴漢が出没した時もそうだった。露出狂が出た時も同じ。男を誘うようなかっこうをしてはいけない、隙を見せてはいけない。ひとりで歩いていたらへんなやつに目をつけられる。まるで被害に遭うほうが悪いみたいに念を押す。

世間の人たちもそうだ。最初はテレビの報道なんかでも被害者を悼み、一刻もはやい犯人の逮捕を望む内容だったが、先月あたりから様子が変わってきた。先月発売された週刊誌の「女子中学生たちの実態」という記事には、被害者の女の子たちが日常的に夜遊びをしていたとか、出会い系サイトを利用していたとか、そんなことが書かれていたという。ネットの掲示板では、彼女たちのプリクラとか、小学校の卒業写真とか、そんなものがたくさん流出している。親や兄弟の写真や住所まで晒《さら》されていた。うちにはパソコンがないし携帯電話も買ってもらえないけど、藤生やミナが見せてくれるから知っている。

「チャラチャラしとるけん、こがんか目に遭うと」

つまようじを使いながら、父がフンと鼻を鳴らす。父と校長は、きっと大親友になれる。

無言で器をさげ、脱衣所に飛びこんだ。歯を磨き、いそいで髪を整える。父や母が入ってこないか気にしながらブラシを使うせいでうまくいかない。「髪型ばっかり気にして、色気づいて」と言われるのがいやだ。いやでいやでたまらない。なんだか自分がとてつもなく薄汚くてみじめな生きものになったみたいな気がする。

「行ってきます」

玄関の戸を開けたら、すでに蟬が大合唱していた。軽トラぐらいしか通れない細い道の真ん中では車に轢かれた蛙がぺっしゃんこになっている。村の風景のどこを切り取っても山がうつる。真正面に中学校も見えているけど、あいだに川があって、橋を渡るためにはぐるっと遠回りしなければならない。橋の四隅には河童の石像が四体設置してあって、なんとなくきもちわるいので河童と目を合わせないように下を向いて橋を渡ることにしている。

中学校は国道沿いに建っている。わたしにとってはこの国道だけが、唯一「ここではない世界」に思いを馳せられる存在だった。福岡市から佐賀をはさんで長崎市まで続いているという、この道。この道はまたべつの道に繋がっていて、いつかわたしはきっと、その先の、そのまた先の、ここではない場所に行く。

あなたは。わたしにそう告げたハヤセさんの声がよみがえる。あなたは、ここから出るべきね、と言う彼女の声が。ハヤセさんは二十歳で、わたしは十歳だった。

村の民宿『とき田《た》』に東京から来た大学生グループが夏のあいだ滞在していると同級生で民宿の三男時田《ときた》健斗《けんと》から聞いて、ものめずらしさから数人で見にいったのだ。ハヤセさんたちは日本各地の神事芸能について研究していて、今は佐賀県各地をまわって浮《ふ》立《りゅう》の歴史を調べているのだと言っていた。いきなりやってきた失礼な小学生に菓子をふるまったり音楽を聴かせてくれたりして、じつに親切な人たちだった。ハヤセさんはわたしの書いたお話をほめてくれた。「お話をつくろう」という授業で書いたものだ。ほとんどの生徒が原稿用紙一枚で鉛筆を止める中、わたしだけが四枚以上にわたる物語を書き上げたのだが、担任の先生は「まとまりがない」のひとことしかくれなかった。

「わたしはおもしろいと思う」

「ほんとに？」

うん、だってこの「雨のおりにとじこめられて外に出られなくなりました」なんて表現、なかなかぐっとくるよ、と原稿用紙を返された。大人にほめられたのははじめてだった。そう伝えると、ハヤセさんはふっと眉根を寄せた。

「あなたは、ここから出るべきね」

「そうなの？」

「うん。あなたの良さをわかってくれる人は、きっといっぱいいる」

ハヤセさんは、自分はすごく寒い土地の漁師町の出身なのだと打ち明けてくれた。一生懸命勉強して東京の大学に入ったの、親に反対されたけどあきらめなかった、と。いろんなものを見て聞いて読んで経験して、たくさん書くといいよ。そう続けたハヤセさんは、わたしの耳にイヤホンを挿した。

「わたしの好きな曲、聴かせてあげる」

鼓膜に注ぎこまれた安藤針の歌声は、わたしの目にうつる世界の色を変えた。激変と言っていい。夏が終わり、ハヤセさんは去ったが、安藤針の歌は残った。

さいわい周囲には誰もいない。歌いながら学校を目指した。安藤針の歌には東京の地名がよく出てくる。銀座《ぎんざ》・新宿《しんじゅく》・赤坂《あかさか》・池袋《いけぶくろ》。一度も行ったことのない場所。早口で歌うと、呪文みたいだ。心を遠くにとばしてくれる魔法の呪文。

このあいだ遺体で発見された被害者の女の子は、安藤針のファンだったそうだ。その子がつくっていたらしい、携帯電話用のホームページがあって、そのトップページにはわたしがいちばん好きな曲の歌詞の一部が引用されていた。同じ県内でも佐賀市内だというから、ここからは遠い。彼女は事件の三日前に家出して、友だちの家に泊まっている。友だちの親から「家に帰りなさい」と言われ、ぷいと出ていってしまったという。

コンビニの防犯カメラの映像に、彼女がおにぎりをひとつと一リットルの紙パックのりんごジュースを買う姿が残っている。路上に放置された遺体は午前五時頃、犬を散歩させていたおばさんが発見した。首には強い力で絞められたあざがあり、口もとには殴られたような傷があった。性的暴行をうけた形跡はなく、うちの近所のおばさんたちが「まだ良かった」なんて言っていたけど、そんなわけがない。まだ良かったなんて、そんな。

むこうは三年生だから、年は一歳違う。逆に言うと、わたしと彼女にはその程度の違いしかない。殺された女の子たち。会ったことのない女の子たち。だけど、自分には関係ないことだとは思えない。わたしはあの子たちじゃなかった。あの子たちは死んでいる。わたしは生きている。そしてそれは、わたしの日頃のおこないがよかったからではない。

チャラチャラしとるけん、と父は言った。隙を見せてはいけない、と校長も言った。おしゃれをしていたら、家出をしていたら、ひとりで歩いていたら、女の子は身体に触られたり、見たくもないものを見せられたり、殺されたりしてもしかたないんだろうか。校門が見えてきたので、歌うのをやめる。そんなわけない、と声には出さずに呟いた。

そんなわけがない。

体育館には冷暖房がない。冬はまだ我慢できるけど、夏はきつい。斜め前に座っている男子の首筋を、汗が流れていく。他人のさまざまな匂いをいっぺんに嗅がされるはめになるのも、わたしが全校集会を好きじゃない理由のひとつだ。

校長の話。生活指導の松尾《まつお》の話。生徒会長の話。そろそろ正座している足が限界を迎えそうだ。ほんとうは崩したいのだが、となりの人に足が触れそうなので我慢している。足が当たったら「あ、ごめん」とかなんとか言えばいいだけなのだが、となりの人がオカモトサツキちゃんなので、どんな反応が返ってくるかわからない。

小学生の時にシールをあげるあげないをめぐって喧嘩をしたこと、そしてわたしの「天」という名をもじって「天かす」と呼んだことなど、向こうはもう忘れているかもしれない。でもわたしはまだしつこく覚えているし、警戒し続けてもいる。そうこうしているうちに膝から下の感覚がなくなってきて、耐えきれずに足を崩す。ちょっとごめん、と小声で言ったら、意外にもオカモトサツキちゃんは軽く頷いただけだった。

そういえばオカモトサツキちゃんは、最近工業高校の生徒とつきあっているらしい。このあいだ彼氏の写真を持ってきてきゃあきゃあ騒いでいた。ちらっと見ただけなので、ヒヨコみたいな髪の色をしている、ということしかわからなかった。

すごかー、まじでー、と騒ぐみんなに向かってオカモトサツキちゃんは「やっぱ年上に比べたら中学の男子とか子どもに見えるっちゃんね」と鼻の穴を膨らませていたのだが、ヒヨコ氏もまだ高校生だし、ということはちょっと前まで中学生だったわけだから大人とは呼べない気もするのだが、どうだろう。

全校集会を終えて、体育館シューズから上靴に履き替えていると、ミナが横に立った。顔を見なくてもわかる。ミナはいつもいい匂いがする。

「天、あくびしてたね」

見てたよ、とおかしそうに口もとを押さえる。身体は痩せているのに、顔の輪郭は丸い。白くて、肌がなめらかで、だからミナの顔は、いつもわたしに真珠を連想させる。

「だって退屈だから」

ミナの家はこのあたりでは有名な「地主」で、自宅の敷地面積で言うとわたしの家の四倍ぐらいある。ミナのお祖父さんは村会議員をつとめていた、いわゆる「名士」であるらしい。「小湊《こみなと》」という名を聞けば、誰もが「ああ、あの」と言う。ミナは「ああ、あの」の家の子なのだった。

わたしは、両親がよく口にする「名士」や「本家（あるいは分家）」「跡取り」というような言葉の響きがあんまり好きじゃない。彼らがそれを口にする時に漏れ出る、ほんのすこしの卑屈さも。

ミナのお父さんはもともと次男で、東京の大学に進んだ後そのまま就職して結婚したのだが、長男（ミナの伯父さんにあたる人）が事故死したので、こっちに帰ってきた。

東京から、奥さんと娘を連れて。

だからミナは、小学二年の時にこの村に引っ越してきた。東京出身のミナのお母さんは、娘のミナにこのあたりの方言がうつらないように、それは気をつけている。村の言葉は荒っぽくて、普通に喋っていても怒っているみたいに聞こえるから、だという。

ミナのお母さんの「あら、そうなの」とか「いいのよ、気にしないで」というような言葉づかいが、わたしはとても好きだ。遊びに行くと、いつも手づくりのお菓子を出してくれて、紅茶の種類を選ばせてくれる。

生活指導の松尾の話の長さとくどさについて文句を言いながら廊下を歩いていると、背中をぱしっと叩かれた。てんこ、と呼ばれもする。

「痛いし、『子』はいらないんだよ」

藤生が発音する「てんこ」は「点呼」を連想させる。「てんこ盛り」という言葉も浮かぶ。とにかく「子」はいらない。

小学生の頃はわたしよりちいさかったのに、中学に入ってから藤生の身長はぐんぐん伸びて、今ではわたしやミナを見下ろすようになった。一年生の女の子ふたりが、藤生をちらちらと横目で見ながら通り過ぎていく。すこし先まで歩いてから、振り返ってお互いを肘でつつき合っているのが見えた。藤生はきれいな顔をしていて、アイドルの誰それに似ているなんて言う人もいる。でもわたしは藤生が小二の一学期に給食当番の時廊下でずっこけてカレーをぶちまけて泣いていた姿を覚えているし、蜘蛛《くも》が苦手なことも知っているので、あんまりかっこいいとは感じない。

「今日もうち来る？」

「うん、行くよ」

「いっぺん家帰る？　俺はどっちでもいい」

「帰らない。まっすぐ行く」

「わかった」

大きな声で、前を歩いていた他の男子数名が、いっせいに藤生を呼んだ。

「そしたら、後で」

藤生が廊下を走り出す。ミナには一瞥もくれなかった。でもそれは藤生がミナをきらっているからではなくて、むしろ逆だ。男子はたいていミナが好きだが直接話すのは恥ずかしいらしく、みんなわたしに話しかけてくる。ミナに聞かせたいがためにわたしを呼びとめ、部活のレギュラーに選ばれたとか福岡の天神《てんじん》に遊びに行って高校生と喧嘩したとか声高に自慢してくる。同じクラスのシミズユウカちゃんからも「男子がやたらとあんたに話しかけるのはあんたじゃなくてミナちゃんが目当てなんだから調子に乗るんじゃないよ」という趣旨のことを、わざわざ廊下の端まで連れて行かれて忠告された。わたしはそんなことも理解できないほどバカだと思われているらしい。

こっそり「これ小湊さんに渡して」と手紙を渡されることもある。ちゃんとした封書じゃなくて、他愛ないメモ書きみたいなやつだ。携帯電話を持っている子は、まだまだ少ない。わたしは律儀に渡しているが、ミナがその手紙をどうしているかは知らない。

「天、藤生とほんとに仲がいいよね」

「仲いいって言うのかね」

藤生の家には、パソコンがある。回線がケーブルテレビであるせいか速度はひどく遅いものの、インターネットに接続できる。だからわたしは、ちょいちょい藤生の家に遊びに行く。

藤生の家は二階建てで、一階は喫茶店になっている。喫茶店、で合っているのだろうか。断じてカフェでないことはわかるのだが。昼間からお酒も出しているし、よく常連客のおじさんおばさんたちがカラオケを歌っているし、藤生のお母さんは「ママさん」と呼ばれている。あのお店を喫茶店と呼んでいいのか、いまいち自信がない。しかし看板には『喫茶かなりや』と書いてある。や、の横にはちいさなちいさなカナリヤが描かれている。

「いいな」

わたしも行きたいな。ちいさな声で、ミナがそう続ける。一度、本人に訊いたら真っ赤になって否定したからそれ以上は追求しなかったけど、ミナは藤生のことが好きなのだと思う。藤生の気持ちは知らないけれども、わたしは「つきあえばいいのに」と思っている。そうなれば他の男子がミナに聞かせるためにわたしに自慢話をふっかけてくることもなくなり、学校生活はより平和になる。

「一緒に行く?」

「えっ」

ミナの頬がうす桃色に染まる。今日は、でも、ピアノが、とかなんとか、口の中でもごもご呟いた。ミナは週に四日習いごとをしている。月・木がピアノ、火が茶道、土に英語教室。週二回の学習塾通いと合わせたら、休みは日曜しかない。

「そっか、ピアノかー」

じゃあしかたないね、と頷いたわたしの袖をミナが指でつまんで、「ずる休みしちゃおうかな」とくいくいと引っぱる。

「お母さん、怒らない?」

「怒るとしたら、お父さんかなあ」

たしかに、ミナのお父さんはお母さんと同じくやさしそうだけど、まじめそうでもあるから、「ずる休み」なんていう行動にはきっと拒絶反応を示すだろう。

「決めた。お母さんに頼んで、ピアノにはちゃんと行ったってことにしてもらう」

「できるの、そんなこと」

お母さんはぜったいわたしの味方してくれるから。ちいさく舌を出すようにして言うミナを、一瞬、吐きそうなほど強く妬んだ。ぜったいわたしの味方、だなんて。

「うらやましい」という炎が、心の中でいつも燃えている。ミナのことは大好きだ。やさしくて、人の悪口を言わないミナを嫌う人なんかいない。だから火加減は、弱めに設定されている。でも弱火であろうがとろ火であろうが、焼かれ続けた心は赤く爛《ただ》れ、痛みが伴う。仲の良い友だちにたいしてそんなふうに思うわたしは性格が悪い。

教室で通知表が配られ、担任の諸注意(ほぼ校長の話の焼き直し)が終わり、ようやくわたしたちは解放された。運動部の子たちは、お弁当を広げている。この暑いのに午後から練習をするらしい。

「ミナ、行こう」

「うん」

かばんを持って教室を出たら、誰かとぶつかりそうになった。三年の男子だった。

「小湊さん」

さすが上級生だ。わたしに話しかけてお茶を濁したりせず、まっすぐにミナのほうを見る。

「ちょっと話があるとけど、来てくれんかな」

三年男子の頬が紅潮しているのはもちろん暑さのせいではない。そんなことはわたし

も ミナもそれからそしらぬふりをしつつ聞き耳を立てている他の生徒もわかっている。

「先、行ってるね」

振り返って言ったわたしの袖を、ミナがきゅっとつまんで引っ張る。行かないで、と目で訴えていることに、気づかないふりをした。やはりわたしは性格が悪い。

国道沿いに歩くと『喫茶かなりや』に辿りつく。

校門あたりでミナを待っててあげるべきだったんだろうか。歩道のない国道を歩きながら、ミナがこれまでに何度男子から告白を受けたか指折り数えた。わたしが橋渡しを頼まれたけどなんやかんやで告白まで辿りつけずに終わったケースも含めたら十を超えて、ばかばかしくって数えるのをやめた。

ミナは去年お母さんと福岡の天神を歩いていたら「アイドルとか興味ない？」と声をかけられたらしい。スカウトってこと？　勢いこんで訊《たず》ねたら、ミナは苦笑いして「お母さんは『あやしい』って言ってたけどね」と首を振っていた。いくらあやしくったって、手当たり次第に声をかけているわけじゃないだろうに、声をかけられるのはそれだけミナが目を引く容姿をしていたということであるはずなのに、なんでもないことみたいに苦笑いして終わりだなんて。胸にひろがるこのモヤモヤを、なんと名づければいいのだろう。むかつく、とかではないのだ。

もったいない。そうだ。漫画みたいに膝をぽんと打ちたくなる。もったいないことをしているのだ、ミナは。もしわたしがミナぐらいかわいければ、どんなチャンスも無駄にしないのに。モテるのがうらやましいわけじゃない。芸能事務所にスカウトされたいわけでもない。ただ、恵まれた容姿は武器になる。

たとえば先月小説カルフル新人賞（短編部門）に送った作品が、めでたく大賞を受賞するとする。わたしの、あの小説が。最年少受賞者として華々しくデビューいたします、となった場合に、作者の顔がわたしのそれである時とミナのそれである時には、やはり世間の反応は大きく違うのではないだろうか。いや。いやでも、わたしは純粋に作品で評価されたい。顔でちやほやされるのは違う。そんなことを望んでいるわけじゃない、なのにどうしてこんなに、わたしは、とぐだぐだ考えているうちに『喫茶かなりや』が見えてきた。いつもは数メートル先からカラオケの歌声が漏れ聞こえてくるが、今日は静かだ。裏手にまわり、「吉塚《よしづか》」という表札がかかっている住まいの方の玄関のチャイムを押すと、すぐに藤生が出てきた。

「藤生、やっぱ容姿って、大事かな？」

「なに？　いきなり」

すでに制服から私服に着替えている。走って帰ったのだろうか。

「たとえばふたりの人間が会社の面接に来たとして、同じぐらいの経歴とか実力だったら、より顔のきれいなほうが採用されたりするのかな？」

「そんなことはないって、ぜったい」

きっぱりと首を振る藤生もしかし、「生まれた時から顔が良い」側の人生を歩んでいるのだ。

「今日、ミナもここに来るって」

「えっ」

「だめだった？」

「いやいいけど、べつに」

藤生はすこし考えてから、店に通じているドアを開ける。

「お母さん、もうひとり増える」

ああそう、という声が聞こえる。ドアから顔を出して「おじゃまします」と挨拶すると、愛想よく笑ってくれた。

女は常に容姿を評価される。十四年の人生で学んだことのひとつだ。政治家でも、小説家でも、画家でも、警官でも、アスリートでも。あるいは犯罪者でも。「美人だから」「美人なのに」「ブスだけど」「ブスのくせに」。あの連続殺人事件の被害者の女の子たちだってそうだ。「ブスのくせに出会い系使うな」「いや、ブスだからだろ」とか、ひどいことばかり書かれていた。彼女たちは美人でも不美人でもないとわたしは感じたけれどそんなことは問題ではない。安藤針だってデビューした頃は顔のことばかり言われ、メイクを変えたら整形、痩せて顔の輪郭が変化してもやっぱり整形だと決めつけられて閉口したとインタビューに書いてあった。

「でも安藤針には、安藤針にしかない魅力があるやろ」

藤生の部屋はいつ来ても雑然としていて、でもそれがみょうに落ちつく。学習机にもメタルラックの上にも、漫画や雑誌が積まれている。壁にたてかけてあるギターは従兄弟《いとこ》からのおさがりらしい。

「そりゃそうよ」

わかってるねえ、と頷きながら藤生が「ソファー」と呼んでいるふたりがけの座椅子に腰をおろした。

「どう言うたらいいかわからんけど、あの、俺はね、天には……」

藤生がなにか言いかけたが、途中から耳に入らなくなった。ぞんざいに床に置かれていた本に目が行く。黒い表紙に白い文字で『夜の鳥たち』と書かれていた。

「これ！　なんで持っとると？」

興奮しすぎてちょっと訛《なま》ってしまった。それは安藤針が読んでいた小説で、わたしがずっとずっとずっとさがしていたものだった。安藤針に関する記事はすべてチェックしている。観た映画とか、読んだ本について語っている時はかならずわたしも同じものを観たり読んだりしたいと思っている。安藤針をかたちづくる要素に、すこしでも触れていたい。ハヤセさんだって、いろんなものを見て聞いて読んで、と言っていたし。

でも、肘差村の書店には単行本がほとんどない。文庫がすこしとあとは雑誌と実用書だけだ。看板は『たむら書店』なのに、店の半分には本ではなく金物や靴が並んでいる。住民のニーズに合わせると、どうしてもそうなるのだろうけど。バスに乗って耳中市立図書館まで行ってみても、ここには置いてないですねえ、なんてすげなくされることもある。残る手段はネットで本を買う(もちろん藤生のパソコンで)という方法なのだが、安藤針が読んでいる本はたいてい、二千円近くする。文庫は読まない主義なのかもしれない。おこづかいがいくらあっても足りない。

「それ、従兄弟にもらった」

「あんたの従兄弟すごいね。ギターくれるし、本くれるし」

福岡の大学生だという、やたら気前の良い藤生の従兄弟。顔も名前も知らない。

「いいな。いいなー」

黒い表紙に、そっと触れる。これと同じものが安藤針の家にあるのだ。

「まだ読んでないけど、天に貸すよ」

「え! いいの?」

「うん。そもそも俺、本読まんし」

うわー。うわー。本を抱いて畳を転げまわりたくなったが、もちろんほんとうに転げまわったりはしない。

「ありがとう、藤生」

「うん、いや、べつに」

恥ずかしそうに何度もまばたきしながら藤生がまたなにか言いかけた時、メタルラックの上の電話の子機が鳴った。なにもそこまで、と思うほど不機嫌そうな声で「あー」と返事をする。下のお店から、ママさんこと藤生のお母さんがかけているのだ。

「あー。うん。わかった。え、なに？　あー……ちょっと待って」

子機を胸に当てて、わたしを見た。

「ナポリタン食べるかって」

「わ！　食べる！」

「で、たまごいるかって」

「たまごはいらない」

藤生の家に遊びに行くと、よくこうやってお昼ごはんを出してくれる。基本的にお店で出している冷凍のナポリタンやピラフなのだが、藤生のお母さんの機嫌がすこぶるいい時には、目玉焼きをつくってのせてくれる。

一階に行って受け取ってくる、と言う藤生を制して、一緒に階段をおりていった。カウンターの上にはナポリタンのお皿がみっつ並んでいる。いらないと言ったのに、すべての皿につややかな黄身の目玉焼きがのっかっていた。

「ミナ、遅いね」

さっきの三年生とはどうなったのだろうか。話してみるとあんがい気が合って、お友だちからはじめましょ、みたいなことになっている可能性もゼロではない。藤生のことが好きだとしても、それはそれとしてためしに誰かと交際をしてみたって、わたしはべつにいいと思う。藤生のお母さんがこのあいだ「男と女はねえ、つきあってみてはじめてわかることも多かと。タイプじゃない男の人と、いざ致してみたら相性が最高ってこともあるけんね。なんの相性ってあんた……その話は中学生にはまだはやか！」とかなんとか言っていた。

わたしの母は、派手な服装と化粧がトレードマークで、けっこうあけすけな物言いをする藤生のお母さんが苦手で、藤生の家に行ったと知るたび嫌そうな顔をする。でも、わたしは好きだ。なんなら、母よりもずっと好きだ。

あまりに一階が静かなので今日はお休みかと思っていたが、テーブル席にふたり組の客がいた。遠藤さんと、もうひとりは知らない人だ。かなり若い。フレームの太い眼鏡にごく短い顎ひげをはやしていて、なんていうか、こう。

「お、藤生と天ちゃん」

青春しよるね。みょうなことを言って、遠藤さんがひとりでうははと笑っている。もう四十二歳なのに村に若者がいないせいで青年団をやめられないらしい遠藤さんは公民館で働いていて、村のすべての行事に関与している。学校の先生でもないのに村に住んでいるほとんどの子の顔と名前を把握している、ふしぎな人だ。ふしぎだが、悪い人ではない。うちの両親は遠藤さんが四十歳を過ぎて今なお独身であるという一点のみにおいて「変わり者やね」と断定しているけれども。

「ふたりとも、今日ちゃんと練習に来ないかんよ」

あーはい、とかなんとか適当に応《こた》えておいて、もちろん行かないつもりだった。

「今日？　なんでしたっけ？」

それなのに藤生が、わざわざ確認してしまう。

「浮立の練習に決まっとろうもん」

遠藤さんのかわりに藤生のお母さんが答えて、冷めないうちに食べろとわたしたちをカウンターの椅子に押しやった。みっつめのお皿にはラップがかけられる。

「フリュウってなんですか」

若い男がそこではじめて喋った。予想していたより甲高い声だった。

「このあたりのお祭りっていうか、まあ神事やね」

「へえ……あ、御神輿《おみこし》かついだり」

「いやいや、踊るとよ」

「踊る？」

へえ、とますます、声が高くなる。

浮立を知らないのだから、よその人なのだろう。わたしの不躾《ぶしつけ》な視線に気づいたのか、遠藤さんが男を親指で指して「東京から来らしたとよ」と笑った。

「五十嵐《いがらし》くん」

五十嵐、という名前が実在することを、わたしは今はじめて知った。フィクションの中にしか存在せぬ名前だと、勝手に思いこんでいた。桜小路《さくらこうじ》さん、白鳥《しらとり》さんなども同様に。

東京生まれ東京育ちの五十嵐は「田舎暮らしに憧れて」、移住してきたのだという。『喫茶かなりや』のふたつ隣に空き家があって、そこを借りているらしい。

「憧れ？」

衝撃のあまり、わたしの声もまた甲高くなってしまう。

「なんで？　なんでですか？」

五十嵐はなぜか照れたように鼻の下をこすっている。

「ふるさとがないから、憧れてたんですよね。やっぱり大自然の中でのんびり人間らしい暮らしがしたいなと思って。田舎の人って、みんなやさしいし」

いったいなにを言っているんだろう、この人は。呆れるのを通りこして恐怖すら感じる。「田舎の人って、みんなやさしい」。どこの誰がそんな与太話をこの人に吹きこんだんだろう。あなた騙されてますよと教えてあげたほうがいいだろうか。

「うれしいこと言ってくれるよねえ、ママさん」

遠藤さんはにこにこしている。藤生のお母さんも「そうねえ、若い人が増えたら村も活気が出るかもしれんねえ」などと相槌を打っている。

「そしたら五十嵐くんにも、今年の浮立をばっちり見てもらわないかんて、ねえ藤生。天ちゃんもがんばろうね」

いやです。お断り申し上げます、と言いたい。いかにもやる気のなさそうな様子で頬を掻いている藤生と、たぶん顔をひきつらせているであろうわたしを、五十嵐が薄い笑みを浮かべて見ていた。さっきからずっと頬杖をついて、もう片方の手で細い銀色のライターを弄んでいる。五十嵐の手の中でくるくるくるくると休みなくまわり続けるライターを見ていると、小学校の時にシャープペンシルをまわすのが一時的かつ爆発的に流行したことを思い出した。授業中みんながあまりにくるくるするので担任の先生が激怒し、授業が中止になり緊急ホームルームが開かれる事態になった。あの時は「大袈裟だなあ」と思っていたが、今は先生の気持ちがよくわかる。なんていうか、こう。さっき頭に浮かんだ言葉の続きが、ようやく出てくる。わたしこの人、ちょっと嫌いかもしれない。

「浮立というのはね、佐賀県全域に分布する民俗芸能ですよ五十嵐くん」

立て板に水の如き遠藤さんの解説を聞きながら、暗澹《あんたん》たる気分でフォークを握る。目玉焼きをまっぷたつに割ると、とろりと黄身が流れ出した。

県内に分布しているといっても、その内容はまったく同じではない。それぞれの地域で独自の発展を遂げ、受け継がれている。廃絶された地域も少なくないが、この肘差村では毎年行われている、と遠藤さんは胸を張る。いや背を向けているのでわからないのだが、声の調子からしてたぶん胸を張っている。ナポリタンを口に押しこむようにして食べた。頭の中は「どうやって浮立の練習から逃げよう」ということでいっぱいで味わう余裕がない。

浮立、浮立と呼んでいるが、正確には「肘差《ひじさし》天衝舞《てんつくまい》浮立《ふりゅう》」という名である。毎年九月に、五穀豊穣・無病息災を願って、肘差神社に奉納されるのだ。そんな遠藤さんの話はまだまだ続きそうだ。

「天衝舞は基本的に子どもが踊る決まりになっとるとよ。そいけんみんなで夏休みに練習するっちゃんね」

「へえ、楽しそうですね」

「今日からはじまるけん、手伝ってくれん？　人手は多かほうが良かけん」

「いいですよ」

五十嵐が答えるのと同時に、店のドアが開いた。リンリンリンリンリンと村内に響き渡るような音量でドアベルが鳴る。ご近所から苦情が来たりしないのだろうか。

「こんにちはー」

わたあめのようにふわふわと甘い、ミナの声がする。裏のチャイムを鳴らしたが応答がなかったので、こっちにまわってきたという。藤生のお母さんが、ミナのぶんのナポリタンを電子レンジにかけはじめた。

ミナは制服のままだったけど、髪にかわいいお花がついたヘアピンをつけていた。もちろん、学校にいる時には着用していなかった。そんなの、すぐに先生に「校則違反!」と没収されるに決まっているから。色つきのリップを塗っているのか、唇がつやつやしている。藤生の家に行くからおめかししてきたんだ、と思ったら、愛おしいような切ないようななんだかわけのわからない感情にぎゅっと胸をしめつけられる。

「雛子《ひなこ》ちゃんも、おいでね。浮立の練習」

小湊雛子。フルネームで呼ぶと、ミナじゃない、べつの人みたいに感じる。名字がコミナトだから、前の学校ではミナと呼ばれていました。転校してきた時に自己紹介でそう言っていたので、以来ずっとミナと呼んでいる。

「はい、かならず行きます。わたし、浮立大好き」

「やあ、良か子やねえ、雛子ちゃんは」

えらい。感に堪えぬように遠藤さんが呟き、隣の五十嵐はライターをまわす速度を上げた。すっかりはりきってしまった遠藤さんは、お昼を食べ終わったらさっそくみんなで行こう、などと言い出した。練習は十七時からと決まっているのにもかかわらずだ。わたしは今日、藤生の部屋のパソコンで安藤針の私設ファンサイトの掲示板をチェックしたいし、借りた本も読みたいし、仮に暇であっても浮立の練習には行きたくない。

「でもわたしたち制服だから、このままでは参加できません。ね?」

隣に座ったミナの肩に手を置くようにして、目をのぞきこむ。ミナは一瞬きょとんとして、それから頷いた。

「そうだよね。着替えなきゃ」

カウンターの下で「よし」と拳をつくった。練習から逃れるチャンスは、まだ残っている。

着替えに戻るふりをして、このまま帰ってしまおうという算段だった。家につくと両親はまだ仕事から帰っていなかったが、運悪く兄と鉢合わせした。ソーダ味のアイスを片手に、玄関で靴を脱ぐわたしを見下ろしてくる。

「お前、練習行けよ」

見上げたが、逆光のせいで兄の表情はわからなかった。

「あんたに関係ない」

浮立に参加する「子ども」は十五歳まで。つまり兄は、すでにその対象から外れている。

「兄貴に向かってあんたてなんや」

子ども会の行事にはかならず出席すること。両親はわたしたち子どもにそれを徹底して言い続けた。こういうとこでは人間関係がいちばん大事なのだそうだ。本人たちも、ドブさらいだとか草むしりだとか、あとなんだかよくわからない集まりに、よほどのことでもない限り出席する。欠席すると、その人の悪口大会がはじまってしまうからだと言う。だけどそんな人間関係、はなから破綻している。

「バカみたい」

「お前が浮立の練習サボったら、お父さんとお母さんの立場が悪うなるとぞ。俺だって我慢したっちゃけんお前も我慢せんばいかん」

兄の言うことはむちゃくちゃだったが、その発言によって兄も諸々の行事に苦痛を感じていたのだと知る。好きで参加していたのなら「我慢」なんて言葉は使わない。

行けよ、となおも食い下がる兄を無視して、部屋に入った。

わたしは兄をまだ許していない。父と母のことも。

いつもノートに小説の下書きを書いている。もう十冊以上もたまったノートは学習机の引き出しの奥にしまっておくのだが、どういうわけかこのあいだ、それがぜんぶ机の上に引っ張り出されていた。書きかけのノートが見当たらず、まさかと思って居間に行くと父がそのノートを広げて「左胸に蝶を飼っている」と朗読していた。母と兄が「なんやそい」とげらげら笑った。父に突進して、ノートをひったくった。

父は「人に読ませるために書きよるっちゃろうもん」と鼻を鳴らし、母は「こがんかもんば書く暇のあるなら勉強せんね」と嘆息し、兄は「自分には才能がある、って勘違いしとるっちゃないとか」と嘲り笑った。

あの日のことは、もう思い出さないようにしよう。でも、忘れない。死ぬまでずっと。

橋を渡ったところで、ミナが待っていた。練習は小学校の体育館で行われる。小学校はミナの家とわたしの家のちょうど中間地点にある。ミナはわざわざ小学校を通り過ぎて、わたしと一緒に行くためにここまで歩いてきたことになる。

「あんなにサービスしなくていいんだよ」

だいぶ陽が傾きかけてきたとはいえ、じゅうぶんに暑い。首を傾げるミナの額に、汗が滲んでいた。

「なんのこと？」

「遠藤さんに浮立大好きって言ってたの、あれはサービスだよね」

「サービスってなに？　ほんとうの気持ちだよ。だって、伝統行事に参加してるってなんかかっこいいもん」

「そうかなあ。ぜんぜんかっこよくないと思うけどなあ」

ミナは曖昧に微笑んで、黙りこむ。ミナはときどき、大人に対して過剰に「良い子」のふるまいをしてみせる時がある。大人の顔色を窺うというのともすこし違うのだが、なんのためにそんなことをするんだろうとは常々思っている。でも本心から浮立が大好きで練習が楽しみと言うなら、あるいはミナが、それが本心であるとわたしに思ってほしがっているのなら、もうそれでいいのかなという気もしてくる。

小学校をめざして、しばらく黙って国道を歩いた。歩道がないので、端を縦に並んで歩かなければならない。

「……天は、そんなにこの村がきらい？」

「うん。大きらい」

即答しないでよ。おかしそうに笑うミナに、笑顔を返せない。

「わたしは好き。山とか川とかきれいだし、転校してきた時、いっぺんに好きになった。みんなやさしいし」

ミナは勘違いをしている。子どもがやさしかったのはミナがかわいかったからだし、大人がやさしかったのは、ミナが「小湊さんのお孫さん」だからだ。

四十年以上おってもよそ者あつかいよ。

いつだったか、父が家族の前でぽつりともらしたことがある。わたしたち家族が今住んでいるあの家は、おじいちゃんが建てた。おじいちゃんは肘差村の隣の町の出身で、だからいつまでたっても自分たちは「よそから来た人」として扱われていると、父は考えているらしい。たかだか隣の町だというのに。両親が村内の行事に参加することにこだわるのは、「よそ者」でなくなりたいからなのだろうか。

小学校の体育館の入り口には、すでに靴が十足ほど並んでいた。大人と子どもで、半々ぐらい。端のほうに藤生のスニーカーを見つける。体育館の中央で頭にタオルを巻いた遠藤さんがストレッチをしていた。全身からやる気がほとばしっている。

「入ってきたら挨拶ぐらいせんか」

壁際から野太い声が聞こえて、びくっとする。大柄なおじさんが腕組みしてわたしたちをじろじろ眺めていた。浮立保存会だかなんだかという会の役員のおじさんで、去年も振りつけの練習の時にダラダラするなだの、休憩中に騒ぐなだのと怒られた記憶がある。

「すみません」

ミナはすぐに頭を下げたが、わたしは無言のままおじさんを真正面から見すえた。だって、そこに人がいると知らなかっただけのことなのに、そんな一方的かつ高圧的に言わなくたって。

「なんか？　その目は」

ミナがわたしの袖を引く。わたしが口を開こうとした時、遠藤さんが「いよーっ！　おっつかれー！」と叫びながらこっちに走ってきた。

「あ……お疲れさまです」

遠藤さんの勢いに圧倒されて普通に挨拶を返してしまった。このおじさんに言い返してやりたかったのに。

「西山《にしやま》さん、中学生をこわがらせたらいかんよ」

「いや、この子が」

「あんたは貫禄があるけん、普通にしとるだけでも迫力があるとよ。女の子をこわがらせたらいかんよ」

貫禄。迫力。西山とよばれたおじさんはそれらの言葉に、まんざらでもなさそうに二度頷き、ぶつぶつ言いながらどこかに行ってしまった。

「ごめんね、天ちゃん」

遠藤さんのせいじゃないのに謝らせてしまった。自分がすごく嫌な人間に思えてくる。だいじょうぶです、と顔を背けて体育館の隅に転がっているボールに気をとられているふりをした。

小学生、中学生、あわせて三十名ほどが体育館に集まった。村在住の子どもを総動員すれば中学校だけでも二百人はいるのだが、村の中でもとくにこの集落とこの集落に住んでいる子に限る、というよくわからない制約があるので、おのずと人数は少なくなる。

「はじめて見る人もおるし、みんなも一年ぶりやけん、まずはお手本をやってみせるね」

みんなの前に立った遠藤さんが、隣に立たせた五十嵐をちらりと見やる。さっき遠藤さんから全員に紹介されたばかりの五十嵐は、身体を正面ではなくななめ前に傾けるふしぎなお辞儀を披露したばかりだ。

白い油性ペンで「肘差浮立保存会」と書かれたラジカセのボタンを、西山が押した。雑音混じりの音楽が流れ出す。あの曲、いまだにカセットテープで再生しているのだが、まさかこれからもずっとそうするつもりなのだろうか？　もっとも当日はテープは使わない。笛と太鼓と鉦《かね》でもって、保存会のおじさんたちが演奏する。

天衝舞浮立の主役は、「天衝」という冠をかぶった舞人だ。「天衝」は縦横一メートル以上ある巨大なもので、舞人は前後左右に頭を激しく動かすハードな振りつけをこなす。それは三日月のかたちをしていて、中心に描かれた円は、太陽をあらわしている。

今年の「天衝」役は背の高い、中学一年の男子が選ばれたようだ。それ以外の子どもは、「天衝」役を取り囲むようにして踊る。

遠藤さんと名前のわからないもうひとりのおじさんが今ものすごくまじめな顔でやっている振りつけは「それ以外の子ども」のためのものだった。本番では笠をかぶり、白い着物を着せられるのだが、もちろん練習では着ない。

ただ楽器だけは、本番と同じものが貸し出される。木片を二枚重ねた、カスタネットに似た打楽器。それをはめた左手を、右肩、左肩、右膝、左膝、の順番で当てていく。きれいな音が出るように、力強く当てなければならない。もう一度右肩、左肩、右膝、二回目はなぜか右肘に当てて、打楽器を打ち鳴らす。この時のポーズが昔から恥ずかしくてたまらない。ウルトラマンが光線を出す時に酷似していて、そんなポーズをとっている自分がとてつもなく滑稽な存在に思えてくる。

その後は身体の前で両手を打ち鳴らして、祈りの動作。腰を屈《かが》め、稲を植える動作(五穀豊穣を願っている)。この後は両の拳を前方に突き出し、両足を肩幅ぐらいに開いて四方八方に向けてジャンプするという、乗馬の動作(なにを願っているのかはよくわからない)。空に向かって矢を射るような動作。けっこうしっかり覚えていることが、なんとなくくやしい。

「じゃ、一回、やってみよっか」

わたしたちが踊っているあいだ、ステージに立った遠藤さんは両手を腰に当てて「いいよ！」「いいよ！　いいよ！」とにこにこしていた。西山は腕組みして歩き回り「もっと、ぴしっと手を伸ばさんか」などと言って藤生の頭を小突いていた。藤生ばかり怒られている気がしたので横目で見ながら回数を数えていたのだが、三回を超えたところで唐突にどうでもよくなって数えるのをやめた。

一時間踊って、ようやく休憩がもらえた。「JAみみなか」と書かれているみかんジュースが配られる。去年も、一昨年も、このジュースだった。缶のジュースって開ける時力いるよね、とミナが言う。かわりに開けてあげようとして、思いとどまった。

「藤生、これ開けてあげて」

小学生の子とじゃんけんして遊んでいた藤生はミナから缶を受け取って、こともなげにタブを引いた。藤生とミナがそのまま喋りはじめたので、気配を消してそっとふたりから離れる。ステージにあがるための階段に、身をひそめるようにして座る。自分の缶のジュースは自分で開ける。イヤホンを耳にねじこんだ。絶叫のようなギターにかぶせられる安藤針の声。体育館の喧騒が一気に遠くなる。

頭になにかが触れ、驚いて顔を上げると、五十嵐が見下ろしていた。頭に触られたのだと気づいて、「え！」と思う。

「なに聴いてるの？」

わたしが返事をする前に勝手に片耳のイヤホンを抜いて自分の耳に挿すのでまた

「え！」とのけぞった。遠ざかるイヤホンを追うように五十嵐がわたしに顔を近づけ、煙草の匂いに混じった香水なのかなんなのかよくわからない人工的な匂いがわたしの鼻を刺した。五十嵐はのんきに「お、安藤針」などと呟いている。気安く呼び捨てにしないでほしい。

「ファンなの？」

わたしは黙ったまま五十嵐の目を見返した。五十嵐はちょっとたじろいだように身を引いて、イヤホンをわたしに返した。

「俺、ライブ行ったことあるよ」

「え！」

本日三回目だが、前二回とは意味合いが異なる。

「学生の頃ね。そのライブの時はまだぜんぜん有名じゃなくて、この子」

「ほんものの安藤針を見たことがある、ってことですか？」

音楽やってる友だちに誘われてさ、ふらっと。歌のうまい子だなと思ったけど、あんなに有名になるとはね、と小鼻をぷくっと膨らまして喋る五十嵐を、穴の開くほど見つめ続けた。「音楽をやっている」友だちに誘われて「ふらっと」ライブに行く、という状況がわたしにはうまくイメージできない。

「じゃあ休憩、終わりね」

遠藤さんの声が聞こえる。立ち上がったら、五十嵐と向かい合うかっこうになった。わたしは階段を二段のぼっているので、ちょうど背の高さが同じになる。眼鏡と顎ひげがなければ、十回会っても顔を覚えられない気がする。それぐらい、目鼻立ちに特徴がない。この平凡な顔をした人は、でも、わたしの知らない世界を知っている。

「でも、平凡な女の子だったよ。喋ることも普通。喋ることも普通っていうか」

平凡な女の子。喋ることも普通。この人はなにを言っているのだろう。他の誰かと間違えているのではないだろうか。

「五十嵐さんって『喫茶かなりや』の近くに住んでいるんですよね？」

もっと話を聞きたい。身体が震えるほど、強く願った。

「今度遊びに行ってもいいですか？」

五十嵐は目を細めた。「いいけど」と呟いて、薄く笑う。

「いいけど、女子中学生はさすがに対象外だよ」

笑ったと思ったら、今度はとつぜんへんなことを言い出した。

「は？　それどういう意味ですか？」

「先に言っとくよ。傷つけたくないからね」

フッ、みたいな感じで、五十嵐が自分の前髪を指ではらう。この人、う、うぬぼれてる……。衝撃と羞恥で、膝から頽《くずお》れそうになった。たしかに、五十嵐の話を聞きたい。

でもそれはべつに五十嵐本人に興味があるわけじゃない。わたしは知りたいのだ。ここではないどこかの、わたしではない誰かが見た世界のことを。そしてそれを知っていそうな誰かは、今のところ五十嵐しかいない。ただそれだけのことなのに。違うんです、とわたしが言ったのとほぼ同時に「ああ！」と大声がして、五十嵐は声がしたほうを見た。

「思い出したぞ。お前、三島んとこの娘か」

大声の主、西山がこちらに近づいてくる。お前、お前、と二度顔を指さされた。

「お前やろ？ 小説家になりたいとかなんとか言うたりチャラチャラした歌手の真似ばっかりしたりしてから身の程知らずが、いっちょん勉強ばせんて、父ちゃんが心配しよったぞ」

身の程知らずという言葉に、耳と頬がかっと熱くなる。周囲の何人かがお追従《ついしょう》みたいにへらへら笑っている。そんなことを吹聴する父も、わざわざわたしに告げてくる西山も信じられない。

ふざけるなと言ってやりたいのに、喉がきゅっと狭まって、うまく声が出せない。

「ばってんお前のごたる挨拶もできんやつはつまらんばい。日頃のおこないの悪かやつはつまらん」

まあまあ、と五十嵐が西山にむかって両手を上げる。

「中学生ぐらいって、まだそういう時期ですよ。夢みたいなこと考えたり、小説とかポエムとか書いたりする年頃です。よくあることですから」

いったいなんだそれは。フォローのつもりか。

「俺も中学の時はギター弾いてて、ミュージシャンになるとか言ってたよ」

わかるよ、とでも言いたげな五十嵐の笑顔が、ようやくわたしの喉を解放した。

「虫唾《むしず》が！　走る！」

出口を目指して走った。ミナと藤生がそれぞれわたしの名を呼んだが、振り返らずに靴をつっかける。身の程知らずという言葉に繰り返し殴られているかのようにこめかみが痛んだ。走って走って、痛みだした横腹を手で押さえながらまた走った。村役場を通り過ぎる。肘差村にひとつしかないコンビニとコインランドリーを通り過ぎて、橋を渡って、肘差神社に続く石段を駆け上がっていく。

日頃のおこないとはいったいなんなのだろう。威張り散らしたり他人の大切なものをバカにしたりするのは、自分の好きなものを追い求めることよりも、まっとうなおこないなのか。

社《やしろ》の前の、謎のだだっぴろい空間。あと数ヶ月後にここで浮立を奉納する。でもそんなことは、今のわたしにとっては心底どうでもいいことだった。呼吸を整えながら、地面を見下ろす。青色と茜色が混じりあう空に、スタンプを押したように均一なかたちの雲が浮かんでいた。巨大な影のように見える山にぐるりと囲まれて、田んぼも畑もぽつりぽつりと建っている家々も穴の底に沈んだ小石みたいに見えた。レモンに似たかたちの月を見上げていると、ふいにその輪郭が滲む。

どうして涙が出るのか、自分でもよくわからなかった。Tシャツの肩のところでごしごしと拭う。泣かない。わたしはこんなことで泣いたりしない。

神さまがいるのかどうかは知らない。でも月はそこにある。わたしの身体も心もたしかにここにある。目に見えるものをわたしは信じる。追い求める。ここから出たい、じゃない、出よう。拳をかたく握りしめる。身の程知らずでかまわない。わたしはぜったいに、ここを出ていく。

ミナ

藤生が放ったボールは放物線を描いてバスケットゴールに吸いこまれた。白いネットの揺れは、水にたゆたうクラゲの動きに似ていた。

わたしの心の周囲には、つねに透明な細い線が張りめぐらされている。ピアノ線みたいに細いけど、塀のように心を守ってくれることもある。きれいなものを目にした時にだけ、その線が震える。

きれいなものは、そこかしこにある。たとえば六月。家の窓を開けていると、近くの田んぼの水面が天井にうつる。あのゆらめく光。

たとえばビー玉。かざしてみると、逆さまの景色がうつりこむ。世界をきりとって生け捕りにしたみたいな気分になる。

それから藤生。

藤生が笑うと、わたしはいつもちょっとだけ泣きそうになる。藤生はおもしろいものを見た瞬間に、目を見開く癖がある。口角はきゅっと上がるけど、目はそのあとやさしく細められる。笑い声は話す時よりほんのすこしだけ高くなって、皮膚が薄いから目の下のあたりの皮膚がうす赤く染まる。名前のわからない三年の男子が藤生からボールを奪った。片手で無造作にひょいと投げ、けれどもゴールからは外れた。はじまって数日の夏休みが、すでに退屈でしかたがない。でも、今日はついている。午前中にわたしの家で天と宿題をして、休憩ついでにコンビニに行ったら、藤生がいた。バス停の脇に空き地がある。藤生はそこで、なんとかくん（三年の男子）と斉藤《さいとう》くん（二年）と遊んでいるのだと説明した。どうも、わたしたちに見に来てほしいようだった。

「行く？」

天はそわそわしているわたしを一瞥し、「いいよ」とつまらなそうに前髪をいじった。たぶん休憩を言い出した時点で天の宿題への意欲は消滅していた。

空き地と言っても遠藤さんの私有地なのだが、何年も買い手がつかずにそのままになっている。畑にするにも中途半端な面積だし、こんな田舎の土地を買って新たな商売をはじめようという人もなかなか現れない、とのことだった。バスケットゴールを設置したのが遠藤さんなのかどうかは知らない。ここに来たのははじめてだ。逆さにしたビールケースがベンチのようにいくつも並んでいる。

天はバスケに興じる藤生たちではなく国道のほうを見ている。わたしたちが座っている場所はいちおう日陰になっているけど、それでも天のこめかみには汗が浮かんでいる。もちろん、わたしも。乳房のあいだを汗が流れ落ちる感触がきもちわるくて、何度も身体を振《よじ》った。ビールケースは、座り心地がいいとは言えない。でも、まだここにいたい。

「天子」

藤生が天に向かって、ボールを放った。天はそのボールを、すぐさま投げ返す。

「子、いらないんだけど」

藤生はいつも、天のことを天子と呼ぶ。一度誰かが藤生につられて「天子」と呼びかけたことがあった。

「お前らは、天って呼んだら？」

きっぱり言い放った藤生はいちおう笑顔だったけど目はぜんぜん笑っていなくて、知らない男の子みたいに見えた。わたしも、たぶん他の子たちもその時、藤生の気持ちに気づいた。「気持ち」の正体が恋ではなかったとしても、藤生がそれを向けるのは、天にたいしてだけだ。

いつのまにか三年の男子はいなくなっていた。斉藤くんは地べたにしゃがんで、スポーツドリンクを飲んでいる。藤生が天に話す声は「一発でシュートが入ったら」というところまでしか聞き取れなかった。たぶん、なにかおごってあげるとか、なにか貸してあげるとか、そんなことを言ったのだろう。学校の男子はたいてい、声高だ。大きな声で喋りながら、女子のほうをちらちら見る。藤生はそんなことはしない。ことに天と話す時には。秘めごとを語るように、ひそやかに声のボリュームを下げて、天だけを見つめる。そんな時、藤生の睫毛は細かく震え、瞳はうっすらと濡れている。天の唇は、への字に結ばれている。なにか考えている時の癖だけど、本人は自覚していない。右手がゴールまでの距離をはかるように宙に浮いた。いつのまにか隣に来ていた斉藤くんがなにか言っているけど、よく聞こえない。音は聞こえているけど、頭に入ってこないのだ。曖昧に微笑んで首を傾げた。困った時はいつもそうする。そうしていれば、たいていのことは周囲の人がなんとかしてくれる。

天が投げたボールは不安定なカーブを描き、それでもなぜか、すぽんとネットにおさまった。腕組みをした天が得意げな視線を藤生に送る。うれしい時でも驚いた時でも、天はワーとかキャーとかそういう甲高い声を上げない。蜘蛛が出た時もそうだった。

体育がはじまる前の休み時間のことだった。うちの中学校には更衣室がなくて、二クラスの教室にそれぞれ男子と女子で分かれて着替えることになっている。脱いだスカートをたたんでいると、悲鳴が聞こえた。全長十センチぐらいの蜘蛛が、天井からするするとおりてきたらしい。女子みんなが大騒ぎするなか、天だけが平然と蜘蛛を素手でつまみあげ、窓を開けた。はやく逃がせばいいのに、振り返って「二階から落ちたら、蜘蛛って死ぬのかな?」とばかなことを心配していた。上半身はセーラー服、下半身は体操服のハーフパンツというまのぬけたかっこうで。

「よかけん、はよ捨てて」

清水優香《しみずゆうか》ちゃんが喚いているあいだ、天はしばらくもたもたしていた。後から聞かされた話によると真下に落下させるのではなく、壁に這わせてやろうと苦労していたらしい。

天は窓を閉めて、そのまま着替えを再開した。清水優香ちゃんたちの顔つきといったら、すごかった。「だって蜘蛛よ、蜘蛛。普通、手ぐらい洗わん？」と非難囂々《ひなんごうごう》で、男子にまで「信じられんよね」と吹聴していた。

小学生の頃から思っていたけど、清水優香ちゃんは天のことがあんまり好きじゃないみたいだ。天を孤立させたいらしく、何度かわたしを自分のグループに誘ってきた。あの子変わっとるやろ？　なんて。たしかに変わっているけど、あなたより数倍いい子だよ。そう思ったものの、もちろんそんなことは口に出さなかった。

清水優香ちゃんをはじめ、女子の多くはたしかに蜘蛛を見て悲鳴を上げた。「女の子は蜘蛛を見つけたらこういう反応を示すものだ」という常識にのっとって形式どおりに悲鳴を上げた、と言えなくもない。他の女子は知らないけど、すくなくともわたしはそうだった。家の中では蜘蛛を見つけても「キャー」なんて叫ばない。天がいなければ、わたしはなんにも考えずに「蜘蛛こわーい」と眉をひそめる女の子のままでいられた。

本人にはそんなつもりはないのかもしれないけど、天が天らしく行動すればするほど、「こういうもの」に沿って「なんとなく」行動しているわたしの軽薄さが浮きぼりになる。

気づくことは苦しい。喉がきゅっと狭くなって、呼吸困難に陥る。気づいても、わたしは天になれない。天になれないわたしは藤生に選ばれることはないのだから、それならいっそずっと気づかないほうがましだった。

天と藤生が、こちらに近づいてくる。

「あ、あのよそから来たやつが歩きよるばい」

斉藤くんが人さし指を国道に向ける。五十嵐さんが歩いていた。よそから来たやつ。斉藤くんはまだ五十嵐さんの名前を覚えていないらしい。はなから覚える気もないのかもしれないけど。

五十嵐さんは片腕を目の上に掲げて、まぶしそうに顔をしかめていた。

「『よそ』って。東京だよ」

天が唇をとがらせる。

「ちょっと前は福岡におったらしい」

藤生の家は喫茶店で、お母さん経由でいろんな情報が入ってくるようだ。でも普段は、それを言いふらしたりはしない。「普段」と違うことが、今藤生の中で起こっている。

天はまだ五十嵐さんを見ている。睨んでいる、と言ってもいいぐらいの鋭い目つきだった。五十嵐さんはいったい、どこに向かおうとしているのか、道を右に折れて、まだまだ進む。背中がどんどんちいさくなっていく。

「福岡？　へえ」

斉藤くんはちょっと上体をそらすようにして、それから「あの連続殺人の犯人やったりしてね」と肩をゆすった。犯人やったりしてね、の後に（笑）とつきそうな、そんな言いかた。

全員同時に、斉藤くんを見る。注目を浴びて気まずいのか、斉藤くんは目をぱちぱちさせた。

「……ってうちの親が言いよった」

「ひどいこと言うね。斉藤くんの親」

最初に口を開いたのは、やっぱり天だった。ひどいこと、だ。たしかに、それは。だけど今さっき藤生がもたらした「福岡にいた」という情報は今夜のうちに斉藤くんの親に伝わるし、それはきっと「犯人やったりしてね」にさらなる信憑《しんぴょう》性を与えてしまうに違いなかった。

「よそ」から来た人イコール得体が知れない。「よそ」から来た人イコールなにをしでかしてもおかしくない。ここはそういう場所なのよ。永遠に「よそ」の人である母は、かたちの良い眉をひそめて言う。

「いや、冗談って、それは。本気でそんなことは言わんよ」

「冗談だとしたら、なお悪いよ。笑えないし」

くやしそうに押し黙った斉藤くんの顔が、ふいにゆるんだ。熱をくわえられた飴が伸びるみたいに、だらしなく。

「……あーあー、そういうこと」

にやにや、にやにやしながら、腕を組む。

「三島さんは、あいつに気があるっちゃろ?」

「はあ?」

天の眉間に、ぎゅっと皺が寄る。

「なんでそういう話になるの?」

「隠さんでいいって。ムキになってかばうのは、結局そういうことやろ?」

わかった、わかった。今や完全に落ちつきを取り戻した斉藤くんは、両手のひらを天に向ける。

「ごめんて、好きな人の悪口ば言うて悪かったね。機嫌直して」

「違うのに」

天の頬が赤く染まる。ずかずかとビールケースに歩み寄って、置きっぱなしになっていたリュックを掴んだ。持ち手に腕を通しながら「おかしいことをおかしいって言っただけなのに、なんでそうやってすぐ恋愛感情に結びつけるの? そういうの好きじゃない」とまくしたて、勢い余って地面を蹴った。そのまま空き地を飛び出してしまう。あわてて、わたしも後を追う。背後で、斉藤くんが「藤生、気つけんとあの男にとれるぞ」と忠告しているのが聞こえた。

天の言葉はたぶん、いつだってまっすぐ過ぎて、だからかえって、相手の心に届かない。

「わたし、斉藤くん嫌い」

虫唾が走る。早足で歩きながら、天が叫んだ。最近よくこの言葉を使う。たぶん本を読んで覚えた新しい言葉なのだろう。

「ついでに五十嵐もむかつく！」

天は五十嵐さんに興味を持っている。それは間違いない。好きだろうが嫌いだろうが、同じことだ。相手を意識している、という点では。

村役場の手前で別れたら、わたしの家はもうすぐそこだ。もう帰る、と天が言う。帰りたい、と。

「うちに、ノートとかワークとか、置いたままだけど」

「そのうち取りにいく」

「じゃあ、明日持っていくね」

明日は、浮立《ふりゅう》の練習日だ。天はなんにも応えず、わたしに背中を向けたままぶんぶんと両手を振った。

武家屋敷って、こんな感じかな。うちの家にはじめて遊びに来た時、ぽかんと口を開けて天が言った。でもご先祖さまは農民だったらしいから武家屋敷ではない。ただし豪農ではある。強いて言えば豪農屋敷というものなのだろう、八歳から住んでいるこの家は。庭と中庭と蔵があるのはたしかにこのあたりではいちばん「豪」な香りがする。広いけど、そのぶん冬は寒い。トイレやお風呂はじめじめしていて、たまになめくじが出る。

祖父が広縁に腰をおろしていた。杖にのせた両手に顎を預けている。小柄で、白髪交じりの眉は下がり気味の、やさしそうなおじいさん。はじめて見た人はもしかしたら、そう思うのかもしれない。それでも勘の良い人ならすぐに気づくだろう。落ちくぼんだ瞳の奥に、つめたい光が宿っていることに。

「ただいま帰りました」

祖父は応えない。いつものことだ。じろりとわたしを睨んで、顔を背けて煙草を取り出す。

なんか、女や。つまらん。わたしが生まれた時、この人はそう吐き捨てたそうだ。つまらん、というのは祖父の口ぐせだ。「おもしろくない」というよりは「どうしようもない」というニュアンスに近い。つまらんのあとに、自分の妻、つまりわたしのおばあちゃんにあたる人は結婚した後すぐに、たて続けに男児を三人産んだと、いくぶん得意げに続けもした、という。

その話をする時、母はいつも片頰を歪める。父がひとめぼれしたという母の美しい顔は、表情の変化に乏しい。いつも片側だけが歪んだり、ゆるんだりする。母がふたりの人間に分かれたように思えて、昔はすこしこわかった。

ぱたぱたという足音がして、広縁に母が姿を現した。

「おかえりなさい」

風が吹いて、庭の枇杷《びわ》の木の枝が揺れる。ほんのふたくち吸っただけで、祖父は煙草を捨てた。灰皿はない。庭に直接ぽいと放り投げて、ずんずんと門の外へと出ていってしまった。

灰皿を手にした母が裸足のままおりてきて、煙草を拾いあげる。灰皿には水が張られていて、じゅっというかすかな音がした。

煙草をつまんだ指を、母はそっとエプロンの端で拭う。

「今日もおじいちゃん、会合だって」

会合。村の料理屋で、公民館で、あるいは誰かの家で、最低でも週に一度の頻度で開かれている、ような気がする。なにを話し合っているのかは知らないが、とにかく祖父はよく出かける。祖父がいない時の母は、普段より楽に呼吸ができるようだ。

玄関にまわったら、母が先回りしていた。

「だから夕飯は、雛ちゃんとママのふたりだけ。食べたいものある？」

ふたりきりになると、母は自分のことをママと言い、わたしを「雛ちゃん」と呼ぶ。昔はわたしも母をママと呼んでいたけど、こっちに来た頃に祖父に「お前は母ちゃんのことば『ママ』て呼ぶとか」とバカにしたように笑われて以来、お母さんと呼ぶようになった。祖父からそう呼べと命令されたわけではない。でもそうしたほうがいいように思った。この家でつつがなく暮らしていくには。

「パスタかな」

靴を脱ぎながら答える。ちょっとそっけなかったような気がして急いで「つめたいのがいい」とつけくわえた。母は頷いて台所に向かう。

お父さんは？　とは、訊かない。母も言わない。あたりまえのような顔をして、父の不在をやり過ごす。父は今日もきっと、あの女の人のところに泊まる。

お父さんにはお兄ちゃんと弟がいるんだ。ちいさい頃わたしを膝に乗せて、父はよくそんな話をした。

「お父さんは、すごく音楽が好きだった。でも自分がステージに立つ側の人間じゃないことは知ってたし、それでも音楽に携わる仕事がしたかった。わかる？　そう、レコード会社に就職するとか、そういうことだよ」

父は楽器メーカーに勤めていた。母は父より一歳年上で、同じ会社の受付に座っていたという。やっぱり東京にはきれいな人がいるもんだなあってあらためてびっくりしてねえ、と父は目を細めて、わたしにその頃の母の写真を見せた。母は母で、パパは九州男児らしからぬやさしげな物腰で、なのに純朴さと愛嬌はたっぷりあって、とってもすてきだったのだとのろけてみせた。もしお父さんにお兄ちゃんがいなかったら、雛子は生まれてこなかったかもしれないね。父のその言葉が当時は理解できなかった。今ならわかる。次男だから家を出ることを許された、という意味だ。

父の兄であるヨシおじさんは、やさしい人だった。祖父が決めたとおりに九州の大学を卒業した後に農協に就職して、祖父が決めた相手と結婚して、「子どもができないから」という理由でその相手と離婚させられた直後に、事故で死んだ。「次男」という立場はあくまでも「跡継ぎのスペア」だと言ったのは父本人だったのか、それとも三男であるヒロおじさんが言ったのか、なぜか思い出せない。いやいやながら妻子を連れて佐賀に戻った父は、すこしずつ以前のような人ではなくなっていった。

祖父との暮らしが気づまりであることは知っている。母から、毎日「東京に戻りたい」と文句を言われていることも。今の勤め先は信用金庫で、本来やりたかった仕事ではないことも。でもよその女の人とつきあうのは、違う。ぜったいに間違っている。勤め先の女の人だという。ずいぶん年下だという。知りたくないのに、ぜんぶ知ってしまっている。母が泣きながら、洗いざらいぶちまけてきたのだ。娘に聞かせるべきではない話だからと胸にしまっておけない。だって母はこの村で、わたし以外に話し相手がいないのだから。

雛ちゃんは、ママの味方よね。縋るように見つめられ、手を握りしめられたら「うん」と言うしかない。

ツナとトマトとバジルを和《あ》えたパスタを、向かい合って食べた。

「宿題、はかどった？」

口の中のものを飲みこんでから「うん」と頷く。午前中に天と宿題をしたのが、もうずいぶん昔のことみたいに感じられる。

「明日は天の家に行く」

「家《うち》に来てもいいのに」

「うん。でも、明日は天の家なの」

浮立の練習もあるし、と続けてから、理由になっていないなと自分でも思ったけど、うまく説明できなかった。今日はわたしの家で、次は天の家。順番に、均等に。そうじゃないと、わたしたちの関係のバランスがとれないような気がするのだ。

「天ちゃんなら、いつでも遊びに来てくれていいのよ」

「そう言っておくね。天、喜ぶと思う」

ミナの母が好きだ、だってきれいでやさしいから、と公言してはばからない天。ほんとうは母ではなく、母の向こうに透かし見える「ここではない場所」に憧れているだけなのに、母はそのことに気がつかない。すこしだけ鈍感で美しくてかわいそうな母は、目を伏せて静かにフォークを口に運んでいる。

「お母さん、五十嵐さんって知ってる？」

五十嵐さん？　母はちょっと首を傾げて、水を飲んだ。グラスの中の、輪切りのレモンが傾く。

「誰？　有名な人？」

芸能人か誰かの話だと思っているようだ。

「違うの。肘差村に最近移住してきた人。自給自足の生活がしたいんだって」

母の左の眉がかすかに動いた。

「ああ」

たまにいるよね、そういう人。五十嵐さんの話題は、母になんら感興を与えなかった。わたしも、なんとなく口にしてみただけだ。ほんとうに「たまにいる」のだろう。五十嵐さんみたいな人は。

「あら、おじいちゃん、お財布忘れてる」

母が棚の上に目をやって呟いた。わたしはなにも応えなかったから、その言葉はしばらく居心地悪そうに空中を漂っていた。

「会合」に財布を持っていかなくても、たいした問題にはならないのだろう。この村で祖父を知らない人はいない。村会議員をつとめていたからかいまだに「先生」なんて呼ぶ人もいて、なんとなくぞっとする。

祖父には心臓の持病がある。なのに煙草をやめない。あの人はもう、そう何年も生きられない。祖父が死ねば、父はきっとあの女の人と別れる。恋でも愛でもない、どうせ逃避とか気晴らしとかそんなものから生まれた関係に違いないのだから。ストレスの元である人がいなくなればもう逃げる必要はない。

お父さんがあの女の人と別れますように。おじいちゃんがはやく死にますように。わたしは毎晩、寝る前にそう祈る。肘差神社の方角に向かって。

親子三人で、昔みたいに幸せに暮らせますように。

「ねえ、どうしたらいいと思う?」

裁縫用のはさみを手にした天が、膝立ちになった姿勢でわたしを見上げている。天の部屋に入ったら、足の踏み場もないほど床に洋服が散らばっていた。壁のボードにとめられた切り抜きはファッション誌ではなく、音楽雑誌のものだ。ギターを抱えた安藤針が、まっすぐにこちらを睨んでいる。天は自分のワンピースにはさみを入れようとしている。安藤針と同じ服が着たいのだが、同じ服なんて買えるはずもない。だから手持ちの服をリメイクして似せようとしているのだ。

「いきなり切らないほうがいいんじゃないの」

天は素直に頷き、はさみを置いた。安藤針の写真に視線をうつす。Uのかたちに大きく開いた襟ぐり。胴ではなく胸の下に切り替えがあって、素材はわからないがやわらかく身体に沿うような布であることはまちがいない。

手首と首にスウェードの太い幅のリボンみたいなチョーカーが巻かれている。天が言うには「ワンピースは無理でも、このチョーカーはいけそうな気がする」らしく、ワンピースのリメイクを中断して布製のチョーカーにとりかかった。これでつくろうと思うんだ、とスウェードに似た素材の布を広げる。

天はけっして成績が良いほうではないけど、国語と英語と家庭科（調理を除く）はけっこうできる。

国語はきっと本をよく読むからだし、家庭科はこうして服のリメイクをしているうちに腕が上がったのだろう。英語については、安藤針の歌に全編英語の歌詞があるので、それをちゃんと理解したいからという理由で勉強して、結果的に成績が上がったという。好きなものに関することなら、いくらでも伸びていけるのだろう。

天がチャコペンで布に印をつけている。いかに手先が器用であっても限界というものがある。たぶん安藤針の衣装とは程遠い仕上がりになってしまうんだろうけど、本人がやりたがっているのだからしかたない。

雑誌の切り抜きと何度も見比べながら、天の手首に布を巻きつける。

「長さはこれぐらいだね」

このフェイクレザーを耳中市内の手芸店まで買いに行ったという。いつのまに、そんなところまで行ったんだろう。ぜんぜん知らなかった。

俯くところこぼれ落ちてくる髪を何度も耳にかけながら、つとめて平静を装って訊ねた。

「誰と行ったの？」

顔をあげた天は「きょとん」と書き足したいような表情を浮かべていた。

「ひとりで行ったよ。なんで？　ミナも行きたかった？」

「……ああ、そうなんだ」

藤生と行ったよ。もし、なんでもないことみたいに天がそう答えたとしたら、わたしはいったいどんな反応を示すつもりだったのだろう。わたしは天が書いているという小説を、読んだことがない。もしかしたら藤生には読ませているのかもしれない。

ぶつぶつひとりごとを言いながら床に広げた生地の上に屈みこんでいる天の睫毛がとても長いことに、今さらのように気がついた。いつもきっぱりと結ばれている唇はなんにも塗らなくても赤い。触れたらたぶんやわらかい。天を見るわたしの目には時々、藤生のフィルターがかぶせられる。藤生はきっと、こんなふうに天を見つめるんだろう。触れたいと願うんだろう。わたしが藤生にたいしてそうであるように。

「これ着て、いつか安藤針のライブに行くんだ」

布にはさみを入れる、かすかな音。銀色にきらめく刃がうす赤い布を裁つ。糸くずがはらりと天のむき出しの脛《すね》に落ちる。靴下は履いていない。その気になればすぐに触れられる距離にそれはある。くるぶしの骨のとがり具合や踵《かかと》の丸みに、わたしはいつでも手を伸ばせる。そうできることを知っているだけで「そうしたい」と思っているわけではない。

藤生はきっと天を自分のものにすることはできない。天は、藤生の手に負えない。わたしの手にも。天の目にはここではないどこかしか、うつっていないのだから。

「今日ぐらい休もうよー」と抵抗する天を引きずるようにして体育館に向かった。

天は新しいTシャツに着替えていた。フリルやファスナーがごてごてと縫いつけられていて、すごく暑そうだ。もちろんそのTシャツも、安藤針の衣装を真似て天がリメイクしたものだ。

「浮立とかクソだよ」

「そんなこと言わないで」

「ミナがなんて言おうとクソはクソだから」

地面を蹴るようにして、天は歩く。

「ミナは、わたしとは違っていい子だからそういうふうには思わないんだろうけど」

いい子だから。二度繰り返して、天は国道沿いの川に目を転じた。次に言うべき言葉が流れてくると思ってるみたいに、橋を渡り終えるまで見つめ続けた。

小湊雛子です。今よりずっとおさない自分の声が、唐突に耳の奥で響いた。山や空や、天の横顔がぐにゃりと歪んで、過去に連れ戻される。小学二年の二学期の始業式の日だった。ふりがなつきで大きく名前が書かれた黒板を背にして、新しいクラスメイトたちの顔を見まわした。

「小湊雛子です。名字がコミナトだから、前の学校ではミナと呼ばれていました。仲良くしてください」

嘘だった。ミナなんて、一度も呼ばれたことはなかった。

自分の名前が好きじゃなかった。雛、だなんて。ずっと大人にならないでほしいと言われているようで。東京にいた頃、友だちができなかった。どうしてだかわからないけど気づいたらいつもひとりだった。いつも空想の世界で遊んでいた。その世界でわたしは「ミナ」と呼ばれていた。幼稚園に通っていた頃に読んだ、外国の絵本の主人公の名前だ。ちょっと生意気で、おしゃれなミナ。小湊だからみんなにそう呼ばれてたと言えばきっと信じてもらえるに違いないと、八歳のわたしは計算し、嘘をついたのだ。

誰の隣に座ったとか、最初の授業がどんな内容だったとか、もう覚えていない。休み時間になると、女子みんなから取り囲まれた。東京で有名人を見たことがあるかとか、ディズニーランドに行ったことがあるかとか、矢継ぎ早に質問された。がんばって答えたし、最初はみんな「へー!」と感心していたけど、徐々に空気が変わりつつあるのを感じていた。わたしの話しかたを真似して、岡本《おかもと》さつきちゃんたちがくすくす笑いだした。岡本さつきちゃんは肌が浅黒くて、歯と白目の部分が際立って白い。笑うとよりその白さが強調された。

天はなぜか、今もわたしのことを「転校してきた時からずっと人気者だった」と思っているらしいが、それはただの記憶違いだ。ずっと女の子たちから遠巻きに見られていた。トイレもひとりで行った。給食を食べる時も、休み時間も、じっと黙っていた。口を開けば「喋りかたが違う」と笑われた。その頃長く伸ばしていた髪は、毎朝母の手によって凝ったかたちに編みこまれていた。それをじろじろ見られるのがいやだった。筆箱や、ハンカチや、持ちもののひとつひとつを値踏みするように観察されるのもうっとうしくてたまらなかった。同じクラスにいた天が教室でどんなふうに過ごしていたかは覚えていない。視界に入っていなかったのだ。はじめて言葉を交わしたのは肘差天衝舞《てんつくまい》浮立の日だった。朝からずっと太鼓の音がしていた。祖父ははやくから出かけていて、いなかった。

「今日は、お祭りがあるんだって」

母はそう教えてくれたけど、連れていってくれとせがむと渋い顔をした。だから目を盗んで、こっそり外に出たのだ。

肘差神社に続く石段をのぼった。

どんな場所かは知っていた。引っ越してきた日の翌日に父と母と三人でお参りしたから。その日、目を閉じて長々と手を合わせていた父に、わたしはいったいなにをお願いしていたのかと訊ねた。

「お願いはしてないよ。挨拶をしていたんだ」

「挨拶？」

「これからよろしくお願いしますって」

神さまのことをまるで近所の人みたいに言うんだなと、なんだかおかしかった。わたしがそれを指摘すると父はふっと目を細めた。

「そうかもしれないね。だって神さまはみんなのことを知ってるはずだから」

「わたしのことも？」

「もちろん」

神さま。神さま。心の中で唱えながら、石段をのぼり続けた。神さま。ここにいるわたしをご存じですか。それなら、どうかわたしに友だちをください。

石段をのぼりきったところに、子どもが立っていた。髪が短くて、恐竜のイラストが描かれたTシャツを着ていたから男の子だと思った。天は当時、お兄さんのおさがりばかり着せられていた。

お祭りと母は言ったのに、だだっぴろい空間にはなにもなかった。わたあめも、金魚すくいも、なにひとつ。

「お祭りは……?」

「お祭りってなに? 今日はフリュウの日」

フリュウ。はじめて聞く言葉に戸惑う。太鼓の音が近づいてくる。天ははっとしたように、木の陰に向かって歩き出した。足をずるずる引きずるようにして。よく見ると左足首に包帯が巻かれている。天が振り返ってわたしに向かって手招きした。

「こっち来て」

天はわたしに、そこに隠れるように命じた。背の高い草が生い茂っていたからほんのすこし腰を屈めるだけで済んだ。

「なに?」

「今からゴキトウがはじまる。テンツクマイは子どもの役目で、ゴキトウは大人の男だけ」

「ゴキトウってなに？」

ご祈禱と言ったのだと、今ならわかる。でもその時は外国語みたいに聞こえた。テンツクマイも。

「お祈りのこと」

自分もほんとうはテンツクマイを踊るはずだったが捻挫したのでやらずに済んだと、どこか得意げに顎を上げて、包帯を指さしてみせた。

太鼓の音が大きくなる。白い着物を着た男の人が姿を現した。黄色い紐で、胸の前にくくりつけられた太鼓。同じかっこうの人が十人ほどいただろうか。最後尾の人は吹き流しみたいなものを掲げていたけど、そこに書かれていた文字は難しい漢字ばかりで読めなかった。神妙な面持ちで、頭《こうべ》を垂れて神社の奥の暗い建物の中へ入っていく。

夢の中の風景みたいだった。どちらかというと悪夢の部類に入るけど。

「ゴキトウする時は女の人に会うたらいかんことになっとるけん、あの人たちがぐるっと村を一周するあいだ村の女の人はずっと家の中から出られんと。わたしとあんたも隠れとかないかんとよ、わかる？」

その頃の天はまだ方言を使っていた。この子、女の子なんだ。そこではじめてわかった。天はわたしをじっと見て、東京から来たばかりだから知らなかったんだろうという意味のことを言った。いやな感じはしなかった。しかたないよね、といういたわりが滲んでいた。

「わたしのこと知ってるの？」

「同じクラスやけん」

このふしぎな女の子があの息苦しい教室にいたなんて知らなかった。

「ゴキトウする時は、なんで女の人と会っちゃだめなの？」

「あのね、女は汚《けが》れているから」

看板の文字を読み上げるような平べったい口調に怯んだ。この子は、大人から繰り返しそう言い聞かされてきたのだ。その言葉の意味を理解するずっと前から。

「わたしたち、ここにいちゃだめなんじゃないの？」

急にこわくなった。見つかったらいったいどうなるのだろう。立ち上がろうとするわたしを、天が押しとどめた。

「いいって」

「でも」

「いいとって、だって」

天は顎を上げて、わたしの目をまっすぐに覗きこんだ。

「汚《けが》れてない。汚くない。わたしたちは汚くない。女は、なんも汚くない」

天。今、うんざりしたような顔で隣を歩く天の横顔にこっそり呼びかける。女は汚《けが》れている。わたしをひどく怯ませたその言葉を、あなたは丸めたゴミでも捨てるみたいにあっさりと退けた。

天。あなたを嫌いになりたい。あなたはいつだって、わたしを苦しくさせるから。

浮立保存会のおじさんたちに交じって、今日も五十嵐さんの姿があった。パイプ椅子を出したり、長テーブルを運んだりする動作が、どうにもおぼつかない。揺れる地面を歩いているような足取りだった。

「なんかお前は、フラフラして」

練習初日にわたしと天にお説教をしようとした西山さんというおじさんが大声を出した。怒っているのではなく、もとからこんな話しかたなのだと遠藤さんに説明されてもなお、声を聞けばびくついてしまう。

「筋肉痛で」

五十嵐さんは遠藤さんから土地を借りて畑をやっている。慣れない仕事で足腰が痛むそうだ。

「都会んもんは弱っちかねえ」

おじさんたちは、そん身体でどがんして女ば満足させるとか？　とかなんとか言って、下卑た笑い声を上げた。天がわたしの隣でオエッというような声を漏らす。

「ザ・肘差って感じ」

わたしは天のひとりごとが聞こえなかったふりをした。

練習が終わったら、もうすっかり暗くなっていた。知らないあいだに雨が降って、やんだらしい。地面がじっとりと濡れていた。

「女の子は何人かで帰りなさいよ」

体育館の前で、遠藤さんが手をメガホンのようにして繰り返していた。わたしと同じ方向に帰る子はいなかった。小学二年の子を連れて来ていたおばさんが「送っていこうか?」と声をかけてくれたけど、歩いて帰りたかったから、断った。

ひとりになりたかった。ひとりで静かに歩きながら、今日の藤生の姿をゆっくり思い出したかった。振りつけを間違えて照れたように肩をすくめた姿や、今しがた「バイバイ」と手を振ってくれた姿を、お気に入りの映画のワンシーンのように繰り返し再生したい。

理髪店もスーパーもう閉まっていて、国道には時折やってくる車の走行音だけが響いている。濡れたアスファルトに赤や白のライトの光が滲んでいる。

一台の車がわたしを追い越していく。数メートル先の路肩で車が停まった時、いやな予感がした。運転席の扉が開いて降りてきた男がわたしの前に立ち塞がる。

「こんばんは」

若い男だった。二十歳、もしかしたら十代かもしれない。口元がうっすら笑っているが、視線は忙しくわたしの頭からつま先まで上下していた。茶色く染めた髪や左耳に嵌《は》まった銀色の輪や、トゲトゲのついた首輪をした犬の絵が描いてあるTシャツがわたしの頬をひきつらせる。

急いで脇を通り過ぎようとしたら、がっと腕を掴まれた。ふりほどけない。

前にもこんなことがあった。その時は車の中から声をかけられたから、すぐに走って逃げた。それに、まだ明るかった。でも今は夜で、周りには誰もいない。

「ちょっと待ってって。逃げんでいいやん」

わたしの腕を掴んだ男の指の力がいっそう強まる。誰か。助けて。そう叫びたいのに、声が出せない。喉からはひいひいという息が漏れるだけだ。どうしよう。どうしよう。

その時、ちりんちりんという間の抜けた音が近づいてきた。立ち竦《すく》むわたしのすこし後ろで止まる。

「あれー？　なにしてんのー？」

のんきな声。このあたりの人とはあきらかに違うアクセント。五十嵐さんだった。自転車にまたがったまま、つま先立ちでとことこと近づいてくる。

「この人、知り合い？」

五十嵐さんに向かって、急いで首を振った。助けて、と必死に目で訴える。

「みんながあっちで待ってるよ」

五十嵐さんの言葉を聞くなり、男は不快そうに眉間に皺を寄せた。舌打ちしてわたしの腕を放した。触られたところから腐っていきそうで、今すぐごしごし洗いたくなる。車がものすごい勢いで走り去っていく。それを見届けた五十嵐さんは大きく息を吐いて、ハンドルにかけた腕におでこをくっつけた。

「……あぶなかったー」

それはこっちの台詞だ。わたしの視線に気づいて「俺、腕力ないからさー」と肩をすくめる。今さらみたいに全身が震え出す。もしあのまま、車に引っ張りこまれていたら、なんて考えるだけでもぞっとする。

「どうする？　家まで送ろうか。それか、家の人に迎えに来てもらう？」

母の顔を思い浮かべて、激しく首を横に振った。家族には、ぜったいに知られたくない。お願いだから誰にも言わないでください、と両手を合わせる。

「でも。そういうわけには」

五十嵐さんが困ったようにこめかみを掻く。

「とりあえず乗って。体育館に戻ろう」

自転車の荷台をぽんぽんと叩く。いつまでもここでぐずぐずしているわけにもいかない。すみません、と頭を下げて荷台に座る。自転車が動き出す。五十嵐さんにつかまりたくなかったから、荷台を両手でぎゅっと握った。

「まだ誰かいるはずだよ」

体育館には、明かりがついていた。入り口に立っている背の高いシルエットは遠藤さんのものだとわかる。その陰から、天の姿が現れた。隣に藤生もいる。

さっきバイバイと手を振って別れたはずの天と藤生がまだそこにいて、裏切られたような気分になる。天にたいしても、藤生にたいしても。

「あ、君の友だちがいる。よかったね」

五十嵐さんはなにも応えないわたしを、ちらっと振り返った。

「友だちだよね？　あのいつもへんなTシャツ着てる子」

「はい」

五十嵐さんがあくびをひとつした。さっきふらついて、おじさんたちにからかわれていたことを思い出した。

「疲れてるんですね」

「うん、ああ、いや」

精神的にしんどいと、眠くなる。五十嵐さんはそう言ったが、今ひとつぴんとこない。だってわたしはいやなことがあった日は、夜中まで眠れない。きっと、今夜もそうだ。

「眠くなるのは現実逃避ってやつかもしれない」

そうなんですね、と無難な返事をした時、藤生がこっちを見た。

「あれ？　ミナ？」

まっさきに天が駆け寄ってくる。

「どうしたの？」

「ちょっとね」

わたしより先に五十嵐さんが答えた。自転車を降りた五十嵐さんが遠藤さんに近づいていく。そのまま小声でなにごとかを話しはじめた。遠藤さんが難しい顔で小刻みに頷いている。誰にも言わないでというわたしのお願いを無視したのだ、あの人は。

声をかけられるのは、隙があったからだ。ひとりでぼんやり歩いていたからだ。わたしが悪い。こんなこと、誰にも知られたくなかった。

「ねえ、どうしたの」

天がわたしの顔をのぞきこむ。口の中がからからに乾いて、答えられない。

遠藤さんがこっちを見た。

「天ちゃん。雛子ちゃん。『かなりや』に行こうか」

遠藤さんの車は八人乗りのワゴン車で、いちばん後ろにはバットやグローブやタオルが無造作に転がっていた。

「野球ですか？」

五十嵐さんがものめずらしそうに、バットを持ち上げる。

「いや、ソフトボール。小学生のチームの監督になってって頼まれたとよ」

遠藤さんは忙しい人だ。村のイベントにはもれなく顔を出している印象がある。いちばん後ろに五十嵐さんと藤生、その前にわたしと天が乗りこんだ。

「なにがあったの？」

天から耳打ちされる。へんな男の人から声かけられたけどそれだけだと、同じように耳に手を添えて答えた。そう、それだけ。だからもうこれ以上騒がれたくない。

遠藤さんは車を発進させる前に、それぞれの家に電話をかけてくれた。ごはんを食べさせて帰ります、家まで送ります、すみません。母がなんと応えたのかはわからなかったけど、天のお母さんが「すみませんね、お世話になります」と応じる声は車の中に響き渡るほどはっきり聞こえた。天は「外面がいいだけだよ」と言うけど、わたしは天のお母さんはにこやかで明るい、素敵な人だと思う。わたしは天の皮肉っぽいところや好き嫌いがはっきりしている性格が好きだけど、自分の家族にたいしてもうすこしやさしくしたらどうなのかな、と思う時もある。あまりにも親への不快感をあらわにするのって、反抗期丸出しみたいで子どもっぽいから。

藤生が言うには「夜はよくおじさんたちが来てカラオケをしている」という話だったけど、今日の『かなりや』にはそういう客はいなかった。カウンターの隅で、おじいさんがひとりでお酒を飲んでいるだけ。

席につくなり、遠藤さんががばっと頭を下げた。わたしに向かって。

「ごめんね、雛子ちゃん。こわかったやろ?」

五十嵐さんはやっぱり、あらいざらい喋ってしまっていた。頬がかっと熱くなって、顔が上げられない。遠藤さんのせいじゃないのに遠藤さんが謝るのもおかしい。大人ふたりは「やっぱり子どもだけで帰すのはよくない」とか「車を持っている人で当番制にして、女子だけでも送っていけばよいのでは」と、真剣に話し合いはじめた。

「だいじょうぶです。今度から誰かと一緒に帰りますから」

声を振り絞って、なんとか言えた。なんにもされてないし、と急いでつけ加えもした。そこはちゃんと言っておかないと藤生に誤解されてしまう。

「服装も、気をつけたほうがいいかもね」

五十嵐さんがわたしのスカートに、ちらりと視線を走らせる。極端に丈が短いわけでもない、ごく普通のフレアスカートだけど、理由にならない。スカートをはいて夜道を歩くのは、「気をつけたほうがいい」と言われてしまうぐらい、あきらかな落ち度なんだ。

「それは関係ないよ」

天が手のひらを勢いよくテーブルに叩きつけた。ばん、と大きな音がして全員の手元の水が揺れた。

「いや、でも」

「関係ないよ、どんな服着てようと。むりやり車に乗せようとしたその男がおかしいんだよ、その男が悪いんだよ」

ミナは悪くない。天がそう言い放つのを、全員黙ったまま見守った。

「もう一回言うよ、ミナは悪くない」

ずっとこらえていた涙がこぼれてしまったことを、頬の濡れる感触で知る。天のことを嫌いになれたらよかった。嫌いになりたかった。でも嫌いになんかなれるわけがない。

遠藤さんが、あわてたように両手を振る。

「うん、そうね。ほんとそのとおりよ。その男が悪い」

藤生のお母さんがカレーやエビピラフの皿を運んできた。皿を置くなり「言われてしもうたねえ、五十嵐くん」とにやにやと五十嵐さんの肩を小突く。藤生がカウンターの上のボックスティッシュをとって、無言でわたしの前に置いた。一枚引き抜いて大急ぎで目元を拭った。五十嵐さんと目が合ったのに、気まずそうにそらされてしまう。さっきのお礼をまだ言っていないことを今さらのように思い出した。「腕力がない」と言いながらも、この人は見て見ぬふりせずに、ちゃんと助けてくれたのに。

「とにかく、次からは俺がみんな送っていく」

子どもを守るのは大人の責任やけんね。遠藤さんが胸を叩くと、藤生のお母さんがうんうんと頷いた。

「さあ、食べようか」

エビピラフはこのあいだごちそうになったナポリタン同様、冷凍食品をただ温めただけ、という味がする。それでも藤生の隣で、同じものを食べていることがうれしい。

遠藤さんと五十嵐さんはもう違う話をはじめていた。「日本の農業の展望」というような難しげな単語が漏れ聞こえる。藤生はそれを無視して、昨日テレビで放映していた映画を見たか、とわたしに訊ねた。

「見てない」

「あー、そう」

藤生は残念そうだ。どこがどうおもしろかったのか伝えたいらしいのだが「恐竜ががばーって来て車グシャーンって感じで」などとさっぱり要領を得ない。遠藤さんたちは途切れることなく喋りつづけている。みんなで一生懸命たくさん喋って、さっきまでのことを押し流そうとしているみたいだった。

天はいちはやくカレーを食べ終わっていた。手持ち無沙汰なようで、からっぽの皿をカウンターまで運んでいる。

「天ちゃん、そのTシャツ良かね」

藤生のお母さんがそう言っているのが聞こえた。

「自分でリメイクしたの。欲しい服がこのへんには売ってないから」

天が得意そうに胸を張っている。

「あらほんと？　わたしのエプロンもこれ、お手製よ。いいのが売ってなかったけんね」

藤生のお母さんは若い頃縫製工場に勤めていたらしく、型紙があれば洋服はなんでも縫えるのよと自慢気な顔だ。

「え、じゃあこれもつくれる？」

天がポケットからなにかを取り出している。ここからは見えないけど、おおかた安藤針の写真だろう。

「そうねえ……あら、でもこれ似たようなの持っとるよ、わたし。ちょっと着てみらん？　サイズが合うなら天ちゃんにやるよ」

藤生のお母さんが天の手を引いて扉の奥に消えていく。他のお客さんが来たらどうするのだろう。

テーブルに置かれていた遠藤さんの携帯電話が震え出した。

はい。もしもし。はい。あー。あー、はいはい。はーなるほど。せわしなく相槌を打ちながら、遠藤さんは店の外に出ていく。テーブルにはわたしと藤生と五十嵐さんが残された。

「……もう慣れました？　こっちの生活には」

藤生が五十嵐さんに問う。とても大人びた質問だと、わたしには感じられる。もう慣れました？　だなんて。

「うーん」

五十嵐さんは首を傾げて苦笑いした。

「そう簡単にはいかないね」

くるくる、くるくる。手の中で、銀色のライターが回転する。

「受け入れてもらうっていうのは難しいね、どこでも」

「まあ、でも」

藤生が五十嵐さんの言葉を遮った。突拍子もない、と感じられるほど、不自然に大きな声だった。

「どうにもならんやったら東京に帰るっていう逃げ道がありますもんね、五十嵐さんには」

そうですよね？　といつになくしつこい物言いをする藤生の目のふちが赤くなってい

た。

「そうかもしれないね」

五十嵐さんが軽くいなすように肩をすくめて、「あ、俺トイレ」とやや唐突に立ち上がった。わたしはどんな顔をしていいのかわからなくて、エビピラフの残りをせっせと口に押しこんだ。俯く藤生に今はなにも話しかけてはいけない気がして、皿を持ってカウンターに向かう。振り返って、藤生のうす赤く染まっている耳朶《みみたぶ》や襟足の清潔そうな感じを目に焼きつけた。あとで繰り返し思い出すために。藤生の手がすうっと伸びて、テーブルを横切る。肘から指先にかけての線がきれいだと思う。その手が、五十嵐さんのライターをゆっくりと持ち上げた。藤生がものに触れる時はいつもそうだ。他の男子みたいにがさつに摑んだり叩きつけるように置いたり、ぜったいにしない。プリント一枚、消しゴム一個でも、やわらかいくだものを持つみたいに慎重にあつかう。

五十嵐さんのライターが、藤生のポケットに吸いこまれるように消える。その動作を見守ってから、ゆっくりと息を吐いた。

藤生が振り返る。目がばっちりと合ってしまう。

「見とった？」

なぜか色を失った、それでもうっとりとしてしまうほどかたちの良い唇を見つめながら、わたしは自分が口にすべき言葉をさがす。すぐに見つかった。

「なにを？」

曖昧に微笑んで首を傾げる。そうすれば、あとは相手が好きなように解釈してくれる。あ、というかたちに藤生の唇が動くのを、自分の目が新しい映像として記憶しはじめるのがわかった。

「あ、そう」

口角がきゅっと持ち上がる。この笑顔を今この瞬間、わたしだけが見つめている。胸の奥が甘く痺れる。

「なら、いいや」

「うん」

すこし頭が痛くなってきたからもう自分の部屋に戻ると藤生は言って、席を立つ。

「また明日ね。おやすみ」

藤生の姿が扉の向こうに消える。五十嵐さんのライターが消えたままのテーブルに視線を向けながら「うん、おやすみ」と応えたけど、藤生にはもう、聞こえていなかったはずだ。

藤生

肘差村では年に一度「ふれあいフェスティバル」というイベントが開催される。農作物を販売したり、公民館に村の人の絵や盆栽を展示したり、エアートランポリンが設置されたり、あるいはアニメ映画を上映したりするような、他愛ないものだ。肘差村には青年団とか婦人会とかいう名前の謎の団体がたくさん存在するのだけれども、彼らもその日はそれぞれわたがしや焼きそばの屋台を出す。一度だけ、そこに移動動物園がやってきたことがあった。

小学校の駐車場に設置された簡易的な柵の中にうさぎやロバや、あとはペリカンなんかもいたはずだ。十一月にしては暑い日で、動物たちはいずれもぐったりしているように見えたが、みんなはお構いなしに「かわいー」なんて言って乱暴に撫でまわしていた。ふわふわしてるだのいや意外とごわごわしてるだの感触についての勝手な感想も述べ合った。

真っ白なうさぎを膝に乗せると、ちいさく震えているのがわかった。そっと背中を撫でながら「ああ、これだな」と気づいてしまった。自分はこの移動動物園の動物みたいな存在なのだ、と。

はじめて他人から顔面について言及されたのは、五歳の頃だったと記憶している。『かなりや』の客である、でっぷり太った中年の男だった。額や頰をてかてかに光らせながら、料理や酒を運ぶ母の全身にねっとりとした視線を這わせていたことを覚えている。ちいさな子どもがよいしょよいしょとおしぼりやら料理やらを運んでいく姿は、ある種の大人の心に訴えかけるものがあるらしい。母はその効果を熟知していたようで、物心ついた頃からよく店を手伝わされていた。

「これがママさんの息子？」

俺の顔をのぞきこんだ男の吐く息はすさまじく酒臭かった。「たいした男前ばい」と言って、なにがおかしいのかゲラゲラ笑った。

「わたしに似て美形やろ？」

母が調子を合わせると、男のだらしなくゆるんだ唇から、笑い声とともにいきおいよく飛沫が飛んだ。とっさに身を引こうとしたが間に合わず、頰にそれがかかった。うっと顔をしかめると、両肩をがっと摑まれた。

「将来はさぞかし」

男のなまあたたかい息が額にかかって、前髪が湿った。

「さぞかし女ば泣かすことになるやろうね」

その言葉を聞いて、他の客がどっと笑った。汚い泥を全身に浴びせかけられたような気分だった。

お友だちをいじめてはいけません、と、その頃保育園の先生からいつも言われていた。その男が言う「女を泣かす」がそういう意味でないことはわかった。でも、なのか、だからこそ、なのかわからないけれども、気持ちが悪くてたまらなかった。他人からの評価は、ある種の呪いだ。成長するにしたがってますます「かっこいい」とか「かわいい」と他人からほめられる機会は増えて、その都度身が竦んだ。

中学生になると、学校内外の女子から「つきあってください」と言われることも多くなった。

「よかよね、藤生は」

男子から羨望の視線を注がれることもある。でも所詮移動動物園のうさぎだ、と気づいた。うさぎはなるほど、かわいらしい。みんながうさぎを構いたがる。ほんとうの動物園にはライオンや虎やキリンがいる。動物園に行けばみんな、うさぎなんかには目もくれない。「かっこいい」も「かわいい」も、肘差村の中だけのこと。いつかみんな気がつく。藤生ってじつはたいしたことないんじゃないの、と。そんな日がはやく来ればいい。ごく狭い世界での人気者という役割から降りて、自分らしく生きることができるはずだ。自分らしく、がどういうものなのか、それはまだ見つかっていないけれども。

『かなりや』のテーブル席についていた天が、今さっきこっちを見た気がした。カウンターの内側でグラスを拭く手を止めたが、視線は合わなかった。天の視線は空中をさまよったのち、正面に座っている五十嵐に戻る。

あんまり好きじゃない。五十嵐について、天はたしかそのようにコメントしていたはずなのに、いつのまにあんなに仲良くなったのだろう。五十嵐は、遠藤さん所有の空き家を借りて住んでいる。『かなりや』のすぐ近くなので、頻繁にこの店に来ては昼食や夕食を済ませ、帰っていく。五十嵐は「いずれは完全に自給自足の生活をしたい」という目的で田舎に移住してきたくせに自炊をする気もないのか。それとなく訊ねてみたら、東京にいた頃は包丁もろくに握ったことがなかったらしい。

夏休みのあいだも、二学期がはじまってからも、天は頻繁に『かなりや』に来ている。でも俺の部屋に入る回数はすっかり減ってしまった。さりげなく誘っても、今日はちょっと、と離れていく。そのくせ、五十嵐とはしょっちゅうあんなふうに話しこんでいる。ふたりの話し声はとてもちいさくて、なにを話しているのかまったくわからない。

「ぼやっとせんと手ば動かしんしゃい」

空のグラスを手に戻ってきた母が、背中を小突いていく。家の手伝いをするといくばくかの金がもらえる。逆に言えば手伝いをしないと一円のこづかいももらえない。そのあたり、母は強烈にシビアなのだ。

古びた木の椅子とテーブル。天井から吊り下げられたドライフラワーにはうっすら埃がつもっている。壁際の棚には招き猫やインドネシアの神さまだというよくわからない像や、その他にもいろいろな置物が並べられている。どれも客からの贈りものだとはいえ、ぜんぶ飾らなくてもいいだろと思わずにはいられない。あまりにも節操がなくて田舎臭い。

きっと五十嵐もそう思っているに違いない。あいつのことだから「でも逆に味わい深い」とかなんとか高みから見下ろしたような感想を持っていたりもするのかもしれない。そんなふうに想像するだけで胃が焼けるような痛みを感じる。

母は節操がなくたっていいのだと平気な顔をしている。あんまりインテリアがすっきりと統一され過ぎているようなおしゃれな店はきっとこのあたりの人に敬遠されてしまうから、これぐらいでちょうどいいらしい。「繁盛している」とまでは言えないが、親子ふたり食べていける程度の儲けは毎月しっかりと出す母の感覚は、おそらく正しい。

母が離婚したのは俺が二歳の時だという。父の記憶はない。慰謝料を元手にこの店をはじめたというから離婚の原因は父にあったのだろう。母はけっして父の話をしない。愚痴も言わないかわりに、良い話も口にしない。そんな人間ははなから存在しなかったかのようにふるまっている。生きていた頃の祖母が言っていたことをまとめると、父は

「顔が良くて口がうまい男」だったらしい。祖母は「藤生はあの男にそっくり」とも、よく言っていた。気ぃつけんしゃい藤生、まっとうに生きんしゃい、あの男のごたるだらしなか人生ば送ったらいかんばい。そんなふうに言われるたびに俺がどんな気分になるか知りもしないで。

「妬ける？」

気がつくと母が隣に立っていた。視線は五十嵐と天のテーブルに向いている。五十嵐がなにか言い、天の頭が縦に一度、ちいさく動く。なにを言った。今いったい、なにを言った？

「天ちゃん、楽しそうやねえ」

母がいかにも愉快そうに唇の両端をもち上げる。聞こえなかったふりをした。グラスを拭く手に力が入って、指先が赤くなる。

視線が合わないことぐらい、べつに今にはじまったことではない。天はいつも目の前ではないどこかや、俺ではない誰かを見つめている。俺はいつも、天の視線の先にはいない。でもこれまではべつにそれでよかった。天が見ているものが「ここではない、遠い場所にあるなにか」だったから。手の届かない星。行ったことのない場所。でも五十嵐は違う。すぐ目の前にいる生身の人間だから、黙っていられない。

「天子」

テーブルに歩み寄ると、ようやくこっちを見た。

「子、いらないよ。なに？」

「そろそろ行かんと」

肘差浮立《ふりゅう》の本番はとうとう明後日に迫っている。今日は、体育館で行われる最後の練習日だった。天は浮立を憎んでいる。というよりも肘差村的なものすべてを憎んでいる。「ああーやだなー」とテーブルにつっぷして駄々をこねはじめた。

俺だってべつに「肘差村的なもの」に愛着があるわけではない。だけど今はそれぐらいしか話しかける内容が思い浮かばない。

「がんばってね」

五十嵐は頬杖をついている。目が合うと、フッ、という感じで俺に笑いかけてきた。見下ろされている。俺は立っていてむこうは座っているにもかかわらず、この男は俺を見下ろすことができる。

「なんでがんばらなきゃいけないの」

天が五十嵐にたいして敬語を使わなくなったきっかけを、俺は知らない。天をひったてるようにして、外に出た。八月の末ぐらいから、急に風がつめたくなった。夏はいつも「はいはい、終了！　撤収！」という性急さで終わってしまう。いつのまにか、でもなく、気がつけば、でもなく。

隣を歩く天の眉が不機嫌そうにひそめられていることに気づく。浮立の練習に向かう憂鬱さのあらわれであると知っていてもなお、暗い感情が胸いっぱいに広がる。五十嵐と過ごす時間を邪魔されて怒っているのかもしれない、俺と歩いているのが退屈なのかもしれない。焦燥が安物の服みたいに皮膚の表面をちくちく刺激する。こんなもの、脱ぎ捨ててしまいたい。恋する女はきれいだとかなんとかいう歌を、『かなりや』の客がカラオケで歌っていたがあれはきっと嘘だ。もしくは、男にはあてはまらない現象なのかもしれない。だって恋をしている自分はこんなにも醜いから。

「さっき、なんの話しよったと?」

この醜さを、天にだけは悟られたくない。つとめて軽い声を出そうと、細心の注意をはらう。べつにそこまで興味はないけどね、という空気を保ちたい。

「好きな映画の話とか」

挙げられた映画のタイトルのいくつかは、かつて俺がDVDを入手してやったものだった。天が観たがっていたからがんばって手に入れたのだ。ネットで買ったくせに、「福岡の大学に通っている従兄弟」にもらったけど俺は興味がないからあげると説明して渡した。

そんな従兄弟、ほんとうは存在しない。天が読みたがっていた本も、ほんとうは自分で買った。だってプレゼントなんて言って渡したら天は確実に引くと思ったから、だから。

「五十嵐さんは、ほんものの安藤針に会って話したことがあるって。うらやましい」

五十嵐は友人の先輩の友人の友人（つまり他人）であるデビュー前の安藤針のライブに、一度だけ（一度だけ！）行ったことがあり、ちょっとだけ安藤針と話したことがある、らしい。その程度の関わりを中学生相手に自慢するなんて、ものすごくかっこわるい。でもそれを天には伝えない。だって「その程度の関わり」ですらこっちは持っていない。天に、俺が僻《ひが》んでいると知られるぐらいなら死んだほうがましだった。

「でもね、もったいないなって思う。東京で生まれて育ったのにこんなところに移住するなんて、わたしならぜったいそんなことしないな」

「天ならそうやろうね」

天はおそらく「東京」を魔法の国かなにかだと勘違いしている。夢、希望、可能性、ありとあらゆるものがそこにあると、かたく信じている。俺も行ったことはないけど、東京がそんな楽しいことばかり待っている土地じゃないことぐらいは想像がついた。

「高校卒業したら、ぜったいここから出ていく」

天がそう宣言するのを、もう何度聞いただろう。卒業したら藤生はどうするの、と天は訊ねない。興味がないからだ。正直過ぎて、ほとんど残酷ですらある。

「息子は大学に進ませるつもりばってん、娘には就職してもらわないかん」

天の父親が以前、『かなりや』でそう話しているのを聞いたことがある。

「秀才っちゅうならまだしも、うちの娘は勉強もさっぱりやけんねえ。大学げな、金の無駄ばい。どうせ嫁に行くとやけん。はよ働かせて家に金ば入れてもらわなね」

高校を卒業したら、天はたぶん地元で就職させられる。天自身も、父親からなにかにつけて「金を出して育ててもらっている分際で」と言われるのが嫌でたまらず、はやいところ働きたい、自立したい、と常々こぼしている。このあいだ先生が授業の途中で生涯賃金について話していた。高卒と大卒とでは一生かけて稼ぐ金額が違うのだと。だから俺は借金をしてでも大学に行くつもりだが、この村を出さえすればなんとかなると思いこんでいる天にはそんな話をしてもきっと無駄だ。東京のどこそこという街は女性が住みたい街ランキングの常に上位なんだって云々、という天の話が、まるで頭に入ってこない。俺はそんなに脳の容量が大きいほうじゃない。それも五十嵐から聞いたのか、そんな相談もしているのかと問い質したい気持ちを抑えるだけで精一杯だ。

「東京で就職するとか許してくれんやろ、天のお父さんは」

許してもらえなくても、べつに、と言いかけた天の声が次第に細くちいさくなる。しまいにはまったく聞こえなくなった。

「なに？」

「……方法はいくらでもあるし」

「たとえば？　家出するとか？」

まさか、と呟く天の横顔がひきつっている。冗談のつもりだったのに、俺の笑いも唇に張りついたような不自然なものになる。天はこちらに顔を向けているのに、視線は合わない。俺と目を合わせてくれない。

「ねえ、もしわたしが家出しようとしたら、藤生はどうする？　うちの親とか、先生に言う？」

「……言わんよ」

ほんと？　俺を見上げる天のかすかに濡れた瞳に、一瞬言葉を失う。

「俺は」

頭の中で、言葉を選び取っては投げ捨てる。あれも違う。これも違う。

「俺は、いつも天の味方やけん」

ありがとう、とようやくぎこちなく笑う天から目を背ける。そんなふうに言い淀んだり、ひきつったり、そんなのお前らしくないよと言えるほど、俺は天と近くない。

小学校の体育館の天井には、今日もバレーボールがひっかかっている。あれを取る方法はないんだろうかと、いつも考えてしまう。長い棒でつつくとか。ボールを高く投げて、ぶつけてみるとか。取れたところで俺にはなんのメリットもないのだが、考えずにはいられない。一度気になり出すと、もうだめなのだ。

遠藤さんがばかでかいラジカセの再生ボタンを押した。カセットテープから流れ出す音はもう完全にのびきって、ひどく聞き取りづらい。

神さまに捧げる踊りにこめられる祈りは、五穀豊穣と無病息災。だけどそれは、みんなの心からの願いだったんだろうか。昔の人は、どさくさにまぎれて「いけ好かないあいつがいなくなりますように」とか「隣の家の誰々ちゃんと両思いになれますように」とか、そんな私欲むき出しのお祈りをしたりはしなかったんだろうか。だとしたらあまりに心が清すぎる。

それとも昔の人は生活するだけで精一杯だったから、恋愛とか自分のポジションとか、そういうことでいちいち悩んだりする余裕もなかったんだろうか。うだうだ考えながら踊っていたら、西なんとかというおじさんに頭を小突かれた。俺はなぜかこの人に目をつけられていて、しょっちゅう踊りの所作を指摘される。

休憩時間になると同時に西なんとかがどこかに消えたので、ほっと息を吐いた。

すこし離れたところに立っているミナと天が、おたがいの髪を触りあっていた。たぶん「もうちょっと切ったほうがいい」「伸ばしたほうがいい」みたいな話をしているんだろう。女子たちはいつもミリ単位で髪の毛の長さを気にしている。

そう思い眺めていると、天たちがこっちに向かって歩いてきた。

「ねえ、藤生。ミナはぜったい短いのも似合うよね」

やっぱり髪型の話だった。ミナの髪は、長くも短くもない。いつも肩につくかつかないか、ぎりぎりのラインで整えられている。好きな男が「ショートカットの子が好き」と言えば翌日にでも髪を切りそうだし、「長い髪が良い」と言えば、必死で伸ばしはじめそうだ。主体性がないなんて言ったら失礼かもしれないが、俺にとってのミナはそういう存在だ。自分の意見を主張するところなど、これまで一度も見たことがない。

「これぐらいかな」

ミナの髪のひと房を持ち上げてやった。その拍子に指先が耳に触れて、触れた部分から真っ赤に染まる。ミナは痛々しいぐらいに俺の言動に反応する。

「いいと思うけど」

振り返ったら、天はもういなかった。壁際に移動して、いつものようにイヤホンを耳に挿している。天の反応を見たくて髪に触ったのに、これでは意味がない。むなしくなってミナの髪から手を離した。

天はいつ頃からか俺とミナを近づけようとするようになった。本人はさりげなくやっているつもりなのだろうけど、さりげなさは微塵もない。ミナが俺を好きだからなのか。俺が天を好きだということに気づいていて遠ざけるためにそうしているのか。後者だとしたら、ずいぶん残酷だ。

ミナはいつも俺を見ている。いつも見ているけど、でも肝心な部分はなにひとつ見えていないんだろう。あの時だってそうだった。なにを問いかけても曖昧な返事しかしない。俺の言うことならなんでも疑わずに信じてしまいそうだ。今この瞬間もなにか伝えたそうに大きな瞳を潤ませているミナを好きになれたらよかったのに、今も勝手に俺の目は天の姿を追っている。天はイヤホンから流れる音楽に合わせて身体を揺らしており、小学生に面白半分で真似されているのに気づいていなかった。バカなやつ、と思う。いつも周囲から浮いているか笑われているかのどちらかのお前を好きになるのは俺ぐらいだと教えてやりたい。ミナに向き直ると、視線がかち合う。ずっと、こんな青ざめた顔で天を見る俺を見ていたのだろうか。ミナは気づいている。母だって同じクラスのみんなだってたぶんもうとっくに気づいている。でも天だけが俺の気持ちに気づかない。

いや、気づかないふりをしている。


練習が終わって、ミナと天は遠藤さんの車に乗りこんだ。福岡と佐賀の女子中学生が続けて誘拐されて殺される事件があって、犯人はまだつかまっていない。

夏休みのあいだに、ミナが浮立の練習の帰りに見知らぬ男から声をかけられた。五十嵐が居合わせたことで事なきをえたのだが、その後に「女子は大人が送っていく」というルールができた。

女子ではない俺はひとりで歩いて家まで帰るしかない。歩きながらポケットの中に手を入れて、ヘアピンに触れた。その仕草はもうすっかり癖みたいになってしまって、指がかたちを覚えている。

ラインストーンが星のかたちに並んでいる、この銀色のヘアピンは、俺が小学五年生の時に盗んだものだった。その日は、朝から風邪気味だった。病院で診てもらってから学校に行けと母から送り出された。診察につきそってくれるような親ではなかった。国道沿いの個人病院で診察を受け、薬をもらってから学校に行ったら、もう三時間目がはじまっていた。ちょうど体育の授業中で、教室には誰もいなかった。

机の上には女子の着替えが丁寧に折りたたまれ、あるいは乱雑に脱ぎ捨てられていた。校庭から笛の音やみんなの声が聞こえて、けれどもそれは、とても遠かった。窓の外は白く明るいのに照明を落とした教室の中は薄暗くて、夢の中にいるようで、夢だったらなんでもできるとばかりに、俺はふらふらと吸い寄せられるように天の席まで歩いていった。「いちおうたたみました」という感じで無造作に積まれたスカートやシャツの脇にヘアピンがあって、外す時に抜けたと思われる髪の毛が一本絡みついていた。

考えるより前に手が動いて、それをポケットに入れていた。

手の中で弄びながら、黒くてつやのある天の髪にヘアピンを挿してやるところを想像してみた。うっかり強く引っぱり過ぎて天が痛みに顔をしかめるところや、くすぐったそうに身を捩らせるところも、実際にこの目で見ているみたいに想像できて、全身が熱くなった。その場に立っていられないぐらいに。閉じた目の奥で星がいくつも瞬いて、とても授業を受けられる気がせず、保健室にむかった。

保健室の先生は俺を見るなり「顔真っ赤やんね」と心配そうな声を上げた。

「学校に来る途中で、また具合悪くなった」

脇に体温計を差し込まれた。三十七度四分。病院で計った時は平熱だったのに、とつぜん熱が上がっていた。

「寝ときなさい」

白いシーツはひんやりとつめたくて気持ちが良かった。目をかたく閉じて想像し続けた。天の髪は指を挿し入れるとさらさらとこぼれて、甘い匂いがする。後ろ髪を持ち上げると白い首筋がのぞく。片手で摑めるぐらい、細い。

後になって聞いたことだが、天のヘアピンがなくなったことはクラスでもたいした問題にはならなかった。

「ぜったい誰かに盗られたのに、先生は『そもそもそんなものを学校に持ってくる人が悪いんです』しか言わない」

不満そうに頰を膨らませる天を見て、ほっと胸を撫でおろした。天もみんなも俺が盗んだとは思っていない。その安堵でいっぱいで、良心の呵責《かしゃく》なんてものは一ミリもなかった。

　黒いレースのような雲ごしに受ける月の光は淡過ぎて、もどかしい。ポケットからヘアピンを取り出す。国道沿いの商店はもうほとんど閉まっていて、ジュースと煙草の自動販売機の照明だけが頼りだった。星のかたちに貼りつけられたラインストーンはすでにふたつばかり失われ、銀色のメッキが剝がれて黒い部分が露出している。

　ヘアピンの先を手のひらに押し当てる。皮膚を突き破って刺さりそうなほど強く。目に見えないものはたくさんあるけど、痛みには実感が伴う。たしかにそこにある、そう感じさせてくれる。ぎゅっと握りしめると、手のひらに星形のあとがついた。

　この星を失って、天はひどく落ちこんでいた。

「いつかもっといいのが手に入るって」

　盗んだのは俺なのに、そんななぐさめの言葉を口にした。「もっといい」星を、他ならぬ俺がいつか天に贈る、というたしかな決意もかためていた。

　今でも、同じ気持ちだ。天は「ここではない場所」に行きたがっているけど、「ここではない場所」が天をこころよく迎えてくれるとは限らないのだ。

　天ははやく現実を見るべきだ。「ここではない場所」が想像しているようなきらめく世界ではないことに気づいてほしい。そして傷ついて泣けばいい。その経験を経て、天はようやく知る。この世に俺ほど天を思い、大切にする人間など他にいないということを。その俺とともに生きることこそが幸福であると理解する。

月が一瞬、姿を現して、すぐにまた見えなくなった。

玄関で靴を脱いでいると、店に通じているドアから母が顔を出した。

「藤生。五十嵐くんがあんたに話があるって」

ヘアピンが入っているほうではない、ポケットのもう片方がずしりと重みを増したように感じられる。

母は扉を開けたまま喋っていて、カウンターにひとり座っている五十嵐が見えた。居留守を使うこともできない。

テーブル席にはミナの祖父である小湊の爺さんと、その連れの三名がいた。椅子が足りなくて、ひとりはカウンターのスツールを引っぱってきてそこに座っている。

五十嵐はカウンターの左端にいた。向こう側の端には何度か店で見かけたことのあるおじさんのふたり連れが座っているけれども、どちらも名前は知らない。ひとりで座っている五十嵐に、ちらちらと訝しげな視線を送っている。

今日はカラオケで歌う人は誰もいなくて、かわりに有線放送が低く流れていた。

「浮立の練習で疲れてるよね、ごめんね」

五十嵐が俺に向かって、片手を挙げる。いえ、と目を伏せて隣に腰かけた。

「藤生くんはたしか、ギターを弾くんだったよね」

へ、というまぬけな声が出た。てっきりライターのことを訊かれるんだとばかり思っていたのに、違った。あの夜、どうして五十嵐のライターを盗んだのか、自分でもよくわからない。ペンまわしを覚えたての小学生みたいにライターをくるくるやっている五十嵐の手を見ていたら無性に腹が立って、気がついたらポケットに押しこんでいた。天のヘアピンを盗んだ時の、あの全身が焼けるような興奮はなかった。頭の中がきんと冷え、ライターを摑む指先は痺れて、感覚がなかった。五十嵐のライターは、今もポケットに入っている。今さら返せもしないし、かといって捨てることもできずに、そのまま。

「まだ、はじめたばっかりですけど」

五十嵐が帆布のかばんからギターの教則本を取り出す。

「これもらってくれない？　学生時代に使ってたやつなんだけど、荷物整理してたら出てきて。なんでこっちに持ってきちゃったんだろうな。でも、もう使わないからさ」

ぱらぱらとめくってみると、ページの真ん中あたりにふせんがはってあった。

「あのほら、天ちゃん？　その曲好きらしいよ」

知ってる。それぐらい知っている。イギリスのバンドの、七〇年代のヒット曲だった。

「はい。安藤針がカバーしてたから」

「あの子、ファンだもんね」

「ノートに歌詞を書き写して、覚えようとしてました」

笑う五十嵐の鼻に、拳を打ちこんでやりたくなる。お前が現れるずっとずっと前から、俺は天のことを知っているんだ。

「ほんとに使わないんですか、もう」

教則本のページの角はくったりと折れ曲がって、白くなっている。折れ目のつき具合から、五十嵐がかなりこの本で練習したことがうかがえる。

「うん。いらなかったら捨ててくれてもいいよ」

「捨てはしませんけど……あの、荷物の整理って？」

ああ、と頷いて、五十嵐がグラスに口をつける。透明な液体は水のように見えるが、漂う香りが水ではないことを教えてくれる。

「東京に戻ろうかと思って」

数日実家に顔を出すとか、そういう話ではなさそうだった。

「どれぐらい？」

苦笑いで返されて、確信する。

「逃げ出すんですか、ここから」

かなわないな、と呟いて、五十嵐が視線をそらす。なにかっこつけてんだと思うが、今は反発している場合ではない。

「……いつ?」

「うん。明後日」

ずいぶん、急な話だ。五十嵐は「いろいろあるんだよね」なんて、肩をすくめている。いろいろあるんだよね、大人には、とでも言いたげに。俺が俯いたのを落胆と受け取ったらしい。なんかごめんね、なんてあわてている。どこまでもおめでたいやつだ。

「明後日の、浮立だっけ。みんながんばって練習してたから、見られないのが残念だけど」

「べつに、見てもおもしろいもんじゃないですから」

カウンターの中央に、誰かが読み捨てていった古い週刊誌がのっている。同級生激白・女子中学生たちの素顔、援助交際、イジメ、云々。斉藤が「五十嵐があの連続殺人の犯人やったりしてね」と言っていたことを思い出す。よそから来たというだけでそんなふうに言われてしまうことについては、さすがに同情してしまう。

「残念やねえ、ほんとに。まだこっちに来たばっかりやっとにねえ」

母が話に割りこんでくる。

「愛子《あいこ》さん、もし東京に遊びに来ることがあったら、連絡くださいね。案内ぐらいしますから」

遊びに来る、だと。心はもう東京に舞い戻っているらしい。五十嵐は母のことを「ママ」とか「ママさん」とはけっして呼ばない。

「藤生くんもね」

微笑みながら俺に向き直る五十嵐を、まっすぐに見つめた。

「天は、このこと知ってるんですか」

五十嵐の動きが止まった、ように見えた。あーいや、と首を振る。その仕草も、なんだかぎこちない。

「どうしても、遠藤さんに話す勇気が出ないんだよね」

五十嵐が目を伏せる。遠藤さんのことなんか訊いてない。こいつ、なにかごまかそうとしているんじゃないのか。

「いろいろ良くしてもらったのに申し訳なくてさ。合わせる顔がないんだよ」

ずるいんだよね、結局さ。みょうに芝居がかった調子でひとりごちて、五十嵐は前髪をいじりはじめた。

わはは、というような大きな笑い声が、背後で起こった。小湊の爺さんがなにか言って、そのお追従のようだった。

小湊の爺さんの吸いさしの煙草は、灰皿ではなくミックスナッツの盛られた皿の端に置かれていた。俺は以前、あいつにとつぜん「育ちが悪い」と罵《のの》られたことがある。たしか、コンビニの前に立ってアイスを食べている時だった。

「行儀のなっとらん。育ちの悪か」

すれ違いざま、吐き捨てるようにそう言われたのだ。

食べものの皿に煙草を置くのは、外でアイスを食べるより行儀が良いことなのか？

「何時のバスで行くと？」

母の問いに、十時台のバスに乗れたらいいなと思ってて、と五十嵐が答えているのをぼんやりと聞く。十時台の耳中市行きのバスに、肘差村内の停留所から乗るとしたら、耳中駅に着くのは十一時前。浮立当日のその時間帯なら、遠藤さんを含む村の男たちは肘差神社でのご祈禱を終えて公民館で酒を飲んでいる頃だろう。なるほどそれなら彼らに見られずに村を出ていける。知っていてその時刻を選んだとしたら、かなりずるい男だ。あらためて喉元からせりあがってくる薄い嫌悪感を、唾とともに飲みこんだ。

その夜はなかなか寝つけなかった。五十嵐が肘差村からいなくなることは喜ばしいはずなのに、なにかがみょうに引っかかる。

何度も何度も寝返りを打って、ようやくうとうとしたと思ったら天の夢を見た。夢の中の天はけっして俺を見ない。何度も名を呼んでいるのに、振り向きさえしないのだ。

はっと目を開ける。嫌な夢というものは厄介で、目を覚ましてからもしばらく手足や胴体にその残骸が絡みついているように感じられる。夢がまとわりついた身体は重たく、ふりはらおうと身を捩ると後頭部が鈍く痛んだ。もしわたしが家出しようとしたら、という天の声が、唐突に耳の奥でよみがえる。どうして天はとつぜんあんなことを言い出したのか。もしかして五十嵐から東京に帰る話を聞いたからじゃないのか。

思えば「天は知ってるんですか」と訊いた時の五十嵐の様子はすこし不自然だった。あいつはどうして俺の質問に答えなかったのだろう。

目を閉じても、ふたりの顔が交互に瞼の裏に浮かんで眠れない。ようやく得た浅い眠りの中でもまた断片のような夢をいくつも見て、嫌な汗をかいては目を覚ます。それを繰り返して、気づいた時にはもう空が白みはじめていた。窓を開けるとひんやりとした空気が流れこんでくる。身震いして、毛布にくるまった。空の色がどんどん変わっていく。家々がしだいにくっきりとした輪郭を現しはじめる。代わり映えしない、窓からの景色。山の上の肘差神社は見えないけれども、ふもとの鳥居は見える。今は浮立の準備のために、五色ののぼりが立てられ、風にそよいでいた。

朝食はまるで味がしなかった。壁の時計の針がやけにゆっくり進む。朝の何時になれば他人の家に電話をかけても良いのか、インターネットで調べても明確な答えは得られなかった。何時だったら「行儀が悪い」と言われなくて済むのか。

九時ちょうどになるのを待って、家の電話の子機を手に取った。天の家に電話をかけると、野太くてざらざらした感じの声が「もしもし」と応じる。たぶん天の兄なのだろう。吉塚と申しますが天さんはいますか、と言うと「あーはい」の後に、かすかな笑い声が聞こえた。

おい、天。お前に電話。電話って言いよるやろうが。あ？　名前忘れた。男の声やったぞ。彼氏か？

うるさい。あんたに関係ない。

兄貴に向かってあんたって言うなて、いつも言いよろうが。

保留ボタンを押すのを忘れているのか、そもそもそういう習慣がないのか、三島家の兄妹の会話は完全にこちらに筒抜けだった。もしもし、というひどく不機嫌そうな天の声が聞こえてきて、息を呑む。ひゅっというへんな音が喉の奥で鳴る。

「あ、藤生やけど」

「うん。わかってるよ」

わかってるよ、という言葉にわずかな勇気を得て、なんとか明日九時に肘差神社に来てほしい、と口にすることができた。十時のバスに乗る、と五十嵐は言っていたはずだ。

「なんで？」

「その頃にはご祈禱も終わっとるやろうし、大事な話がある」

「今日じゃだめ？ ちょっと明日は無理なんだけど」

無理、という言葉に、子機を持つ手から力が抜ける。

「じゃあ明後日は？」

いや明後日も……と天が口ごもる。

なんで、ねえなんで、としつこく訊ねていると、天が急に、

「あのさ、このあいだいつもわたしの味方、って言ったよね？」と怒ったような声を出した。たしかに言ったが、今ここで持ち出すのはずるいと思った。やっぱり天はここから出ていくつもりなんだろうか、あいつと。浮立が終わってからとか、そんな提案もしてこないことで、ますます確信が強まる。

「やっぱり明日の朝。ぜったい。お願い。一生のお願い」

「藤生、あのね、ほんとうにだめで、明日は」

「待っとるけん。ぜったい来て」

返事を待たずに、電話を切った。机の上のパソコンが目に入る。頰杖をついて安藤針のファンサイトの画面を眺めている天の姿を思い出した。

壁際のギターを見ても、天のことが思い浮かぶ。めずらしそうに手を伸ばして、弦に触れていた。床に積まれた本やCDはぜんぶ、天に貸すために買った。自分自身はすこしも興味がないものに囲まれて生きている。

天はうれしい時にはほんとうに、弾けるみたいに笑う。誰の前でもあんな顔はしない。俺の前でだけだ。だから天が欲しがるものはなんでも手に入れてきた。その俺が一生のお願いだと言ったのだから、来てくれるはずだ。五十嵐ではなく俺を選んでくれるはずだ。来てくれ。頼む。無意識のうちに祈るように組み合わされていた自分の手が細かく震えていることに気づいて、指先にぐっと力をこめる。

ほんの十四年しか生きていなくても、後になって「ほんとうにあれでよかったんだろうか」と思う事柄はたくさんある。数え切れないほど。入院中の祖母にたいしてそっけない物言いをした翌日に祖母が意識不明になって、そのまま死んでしまった時とか、怪我でもしたのか飛べずにいた雀を見かけたのに素通りしてしまった後に、その雀が死んでいるのを見つけた時とか。

天衝舞浮立《てんつくまい》は、朝八時の肘差神社でのご祈禱からはじまる。ご祈禱は村の男だけでおこなう。道中では女に会ってはいけないという決まりになっている。だから村の女たちは外に出ないように気をつける。つまり母もずっと家にいるということだ。天を家に呼ぶことはできない。

昨夜もやっぱり眠れなかった。落ち着かなくて、こんなにもはやく家を出てきてしまった。自分が天の恋愛対象外であることは知っている。でも「一生のお願い」を聞いてもらえるぐらいの関係だと信じたい。石段をのぼってしばらくすると、太鼓の音が近づいてきて、ご祈禱の行列がやってきたことを知る。草むらにすっかり隠れてしまうよう、腰を屈めて息を殺す。草履を脱ぐ音が響いて、やがて社《やしろ》の中から声が聞こえてきた。

ずっと同じかっこうでしゃがんでいるせいか、足首やふくらはぎが痛み出した。姿勢を立て直したらよろけて、そのはずみに朝露で服の袖が濡れる。二日続けてろくに寝ていないせいか、目の奥がずきずきと痛む。歯が浮くような、気持ちの悪い感覚がずっと付きまとっている。社の戸が開け放たれる気配がして、白い着物の男たちが出てきた。先頭の遠藤さんに続いて、ぞろぞろと石段をおりていく。腕時計をのぞきこんだ。八時四十二分。五十嵐が乗ると言ったバスは十時ちょうどに家の近くのバス停に来る。他に十時台のバスはない。

ご祈禱が終わると、男たちは公民館に行って酒を飲みかわす。理由はわからないが、このあたりでは神事の合間に飲酒の時間がはさまれるのが常識なのだった。浮立の踊りの奉納がはじまるのは午後からで、つまりご祈禱が終わった後のこの時間、肘差神社には誰もいなくなる。しかし首を伸ばして様子をうかがうと、社の前にまだ数名の男たちが残っていた。さっさと行ってくれないと、予定が狂う。

中心にいるのは小湊の爺さんだが、声が低くて、会話の内容はほとんど聞き取れない。「国道」「工事」「計画」というような単語を、かろうじて拾うことができたが、要するに大人の話だ、という感想しかない。俺には関係のない、大人の世界の話だ。小湊の爺さんが煙草に火をつけた。

「……が……やけん、この山も……」

「……住民……反対が」

「なんも知らんバカどもが……」

はやく公民館に行ってくれと祈りながら、痛む足首を押さえる。

八時五十分。天は誰にも見られずに家を出られただろうか。今こっちに向かっているだろうか。小湊の爺さんたちに気づいたら引き返してしまうかもしれない。必死に耳をすませるが、神社の石段をのぼる足音は聞こえない。

八時五十八分。

息をつめて、腕時計の文字盤を見つめた。中学校の入学祝に買ってもらった時計だ。見ていても時間の進みかたがはやくなったりおそくなったりするわけじゃない。なのになぜか目をそらすことができなかった。

天は来ない。唐突に悟る。どうして来てくれるなんて思ったのだろう。天がこれまで俺のためになにかしてくれたことなんて、一度もなかったじゃないか。小湊の爺さんたちが去るのを待ってから、石段をおりた。気持ちはこんなにも焦っているのに、のろのろと一段ずつしかおりることができない自分を呪う。額と首筋に汗が噴き出す。なんとかおり終えて、五十嵐の家を目指して駆け出した。示し合わせて同じバスに乗る天の姿がこの目で見たように想像できる。そうはさせない。ぜったいにそんなことはさせない。

「五十嵐さん！　五十嵐さん！」

乱暴にドアを叩いたが、反応はない。カーテンが半開きになっている。のぞきこむと、部屋はもう空っぽだった。嘘をつかれたんだ、と思ったら目の前が真っ暗になった。もうとっくに村を出てしまったのかもしれない。ふざけるな、と呟いたら足元が揺れた。地震かと思ったが違った。俺自身が震えているのだ。がくがくと震える太腿に拳を打ちこみ、今度は『かなりや』に向かって走る。子機を使うために二階に上がる間も惜しい。

「ちょっとあんた、どがんしたと？」

訝しげな母に応じている余裕もない。震える指で天の家の番号を押す。電話に出たのは、またしても天の兄だった。

「天はおらんけど」

どこに行ったともなんとも、教えてくれない。わかりました、とか、どうも、とか、電話を切る前に挨拶したかどうかも覚えていない。店を飛び出した俺を、母が追いかけてきた。

「天ちゃんがどうかしたと？」

藤生、落ちつきなさい、藤生。そう叫びながら俺の両腕を摑む母の顔はこわばっている。

「天が行ってしまう」

「は？　どこに？」

答えようとして、サイレンの音に遮られた。

消防車の赤い車体が次第に近づいてくる。俺たちの前を通り過ぎる。道を右に折れる。みるみるうちに遠ざかる。肘差神社のほうへ。

「ちょっと、見て」

母が指さす先で、灰色の煙が上がっていた。

隣の家からも人が出てくる。

「肘差神社が火事て」

「煙が」

「社が燃えよるらしい」

口々に伝わっていく。村の地区別の消防団の名を書いた赤い軽トラックが走っていくのを認めた瞬間、母が走り出した。今度は俺があわてて後を追う。

肘差神社の近くにはすでに人だかりができていた。お年寄りの悲鳴のような声。状況を理解していない子どものんきな声。その中に遠藤さんの姿を見つける。ご祈禱の時の白い着物のまま自転車で現れた遠藤さんは、自転車を横倒しにして停止した。

「遠藤さん、天が」

縋りつこうとしたら、誰かに押し戻される。今それどころじゃない、というわけだ。事実、それどころじゃない。社の周囲の木に燃え移ったら山火事になってしまう。避難を促す怒号が響き渡る。人がせわしなく行きかい、何度も誰かと肩がぶつかってよろける。

天は家を出ている。たぶんもう肘差から離れている。天は携帯を持っていない。もちろん俺も。こうしているあいだにも天はどんどん遠くに行ってしまう。天を取り戻す方法を考えなければ。天を取り戻す方法を考えなければ。ポケットに両手を突っこんだら、天のヘアピンと五十嵐のライターに同時に触れた。

「遠藤さん、ねえ、聞いて」

ポケットから取り出したライターをさりげなく足元に落とした。みんな山の上を見上げている。今しかないし、たぶんこれしかない。

「ねえ、これ」

拾い上げてみせたライターに、遠藤さんよりはやく他の男たちが反応した。

「ここに落ちとった」

顔をこわばらせた男たちに取り囲まれると、手のひらに汗が滲んだ。口の中がからからに乾く。

「見て、これ。ここに落ちとった。五十嵐さんのライターやないと？」

五十嵐が放火したなどとは言っていない。五十嵐のライターがここに落ちていた、としか言っていない。彼らがその意味を読み取ってくれることを、祈るような気持ちで待った。

「あと、天が家におらん」

ここぞとばかりに俺が放った言葉はしかし、あっさりと聞き流されてしまう。俺の手からライターを奪いとり、男たちは怒鳴り合うように話しはじめた。みんながいっせいに喋るから「東京もん」とか「よそから来たあの」というような言葉の断片しか聞き取れない。

「ねえ、天がどっか行ったかもしれんとって」

遠藤さんの腕を摑んで喚きたてた。男たちのひとりが「三島の娘か」と俺を見る。大きく頷いた俺の耳を「なんか今朝、飛び出していったらしか」という言葉が殴った。

「え？　なんて？」

「生意気言うたけん俺が一、二発うっ叩いたら泣いて出ていったて三島くんが言いよったぞ」

どこか誇らしささえ滲ませてそう語る天の父親の顔が想像できた。

「ああ、俺も見たばい」

べつの誰かも声を上げる。大きなリュックサックを背負って、バス停に立っていたという。あれは斉藤のお父さんだ、と気づいた瞬間に頭の中でちかっと光るものがあった。あの連続殺人の犯人やったりしてね、と笑った斉藤。あいつは天から責められると、気まずそうに言い訳してみせた。親がそう言っていたから、と。

「……ねえ、天は五十嵐さんと一緒やないと？」

連れていかれたかもしれん、と続けたら、鼓動がはやまった。男たちが顔を見合わせる。「まさか」というかたちに唇が動くのを、吐き気をこらえながら見守った。焦げ臭い匂いが鼻をつき、巨大な手に頭を摑まれて揺さぶられているかのように視界が激しく上下する。遠藤さんが、俺の肩に手を置く。しっかりしろ、と叱咤するように。

「そうだ、バスの時間……誰か、車出して」

遠藤さんのその声が、ひどく遠くに聞こえる。

視界がぐらぐら揺れていて、気を失うんじゃないかと思った。自分の足で歩けていることが不思議なぐらいなのに、いつのまにか誰かの車の後部座席に乗っていて、ちゃんとシートベルトまで装着していた。

助手席には遠藤さんがいる。運転しているのは浮立保存会の西山さんだ。遠藤さんや他の男たちは酒を飲んでいて、病気で飲酒を禁じられている西山さんだけがハンドルを握れたという。やっと名前を思い出した。天のために車を出してくれたのだ。目の敵にされてうっとうしかったけど、すこしだけ頼もしく思えてくる。

車が耳中駅に向かっている。遠藤さんが携帯電話を耳に当てた。

「もしもし、三島さんですか。遠藤です」

通話口の向こうから声が聞こえてきた。ええ。そうです。ちょっとあの娘のことでうちの人が腹かいて、ほら天は減らず口ばっかり叩くでしょ。うちの人はそら厳しかけんですね。

苛立ちを覚えるほどのんびりとした天の母親の声が後部座席まで届いた。どうしてそんなことが言えるんだ。自分の娘が自分の夫である男から殴られたのに、それなのにどうしてそんなにのんきな声が出せるんだ。「減らず口」なんて、どうしてぜんぶ天が悪いみたいに言うんだ。どうしてのうのうと家で過ごしているんだ。娘が飛び出していったというのに。

はい。はい、ええ? ああ、そうですか。遠藤さんが何度も頷いて、電話を切った。

「天ちゃん、おとといもお父さんと喧嘩したらしい」

遠藤さんがため息をつく。

「それで家出か」

つまらん、と西山さんが顔をしかめる。

「いつも、けっこうひどく叩かれるらしい」

遠藤さんが俺を振り返る。

「天ちゃんばっかり叩かれるって前にも聞いた。そうやろ？」

同意を求められて、頭が真っ白になった。日常的に殴られている。そんな話、今はじめて聞いた。でも「知りません」とはどうしても言いたくなくて、黙って頷いておいた。

「どうせあの娘が生意気な口ばきいたやろうもん」

「ばってん暴力はいかんやろ」

「遠藤さん、あんたは家庭ば持たんけんわからんとやろうけどね。ガキは犬と同じよ。叩かなわからん時もあると」

西山さんが「はあ」と大げさなため息をつくと、遠藤さんはぐっと歯を食いしばった。頬の動きでそれがわかった。

「親父に殴られて腹かいて家出したとか、あのバカ娘は。あの男についていった？　あ？　そりゃ最近あったあの例の事件とまるっきり同じやなかか？　そいけん俺ぁ言うたやろうが、よそ者ば受け入れたってなーんも良かこたなかて」

西山さんが喚くたび、ハンドルに唾が飛ぶ。

「五十嵐くんと一緒におるとは限らんよ」

うんざりしたように遠藤さんが吐き捨てる。西山さんはなおも言いつのった。

「あいつが犯人やったらどがんすっとや？　三島んとこの娘が殺されでもしたらどがんするつもりや？　ああ？　あんた責任とれるとね？」

「いや、五十嵐くんはそんな男やないけん、西山さん」

「ばってん、あの男が放火したっちゃろうもん！」

「そいけんが、それもまだわからんやろうが！」

すでに怒鳴り合いになっている。

「……なあ、藤生」

遠藤さんが振り返る。心臓がぎゅんと縮こまった。

「たしかか？　たしかに、これは五十嵐くんのライターか？」

西山さんと話していた時とは違う、静かな声だった。遠藤さんは俺の言うことを、ほんとうは信じていない。どうして、とその目は問いかけていた。どうしてそんなことを言うんだ？　お前はいったい、なにを考えているんだ？

五十嵐が天を連れ去り、その目くらましのために肘差神社に火をつけた。とっさに考えた拙い筋書きを、西山さんたちがやすやすと信じたことのほうがむしろふしぎなのだ。いや西山さんはむしろ、積極的にそう信じたいのかもしれない。よそ者を受け入れるとろくなことがない、という持論の証明になるし。

「だって五十嵐さん、そのライターをいつもこう、こうやってくるくるまわして」

遠藤さんは身体を後部座席に捻ったまま、考えこむような表情をする。小湊の爺さんたちが吸っていた煙草のけむりが、ふいに鼻先をかすめた気がした。ライターのことで嘘がばれたってかまわない。どんなに責められたってつらくない。天さえこの手に取り戻せればそれでいい。

遠藤さんがまたどこかに電話をして状況を確認している。浮立はたぶん中止になるだろう。肘差神社の社は全焼したが、山火事だけは食い止めたところだという。あらためて、ことの重大さに身体が震え出す。もうずいぶん遠くまで車で走ってきたはずなのに、サイレンの音がどこかからまた聞こえてきた。

耳中駅のロータリーで停まった車から転がり出る遠藤さんの後を追う。駅舎の汚れた床を踏む足の感覚がない。夢の中で走っているみたいな感じがした。たいていの夢がそうであるように、思うように足が動かない。耳中市観光協会、という紺色の看板に白抜きで書かれた文字がやけにくっきりと目に入り、駅構内の蕎麦屋からだしの匂いが漂ってきて、これが夢でないことを教えてくれる。でも周囲の音はまるで入ってこない。

オレンジ色のベンチ。そこに天がいた。驚いたように立ち上がる光景は、まるでスローモーションのように緩慢に俺の目にうつる。遠藤さんの後ろにいる俺に気づいた天の目が大きく見開かれる。その頬から、唇から、色が失われていく。紙のように白くなった顔で俯いた。隣にいたのは、五十嵐ではなかった。女の人だ。ミナのお母さんだと気がつくのに数秒かかった。ミナのお母さんは俺たちの視線から庇うようにそっと天の肩を抱く。ミナも一緒にいるのだろうか。周囲を見まわしたが、姿は見えない。

「五十嵐くんは？　どこ？」

いがらし？　平べったい声で、天が復唱する。

「知りませんけど。なんでわたしに訊くんですか」

「一緒じゃなかったんですか？」

遠藤さんは今度は、ミナのお母さんに訊ねている。

「え？　五十嵐さんってどなた？　すみません、ちょっとわかりません」

庇っているのか、ほんとうに知らないのか。ゆるゆると笑っているミナのお母さんから目をそらして天に視線を戻した瞬間、叫びそうになった。

空っぽになっている、と思ったのだった。空っぽの箱のように、あらゆる感情が失われたような目をしている。

その目が、ゆっくりと俺に向く。

「天子、だいじょうぶか」

呼びかける声が掠《かす》れた。天はなにも答えずに視線をそらしただけで、「子はいらない」といつもみたいに言ってくれはしなかった。

「福岡まで遊びに行こうとしてただけですよ、わたしたち」

「ふたりで、ですか？　雛子ちゃんは？」

訝しげに腕を組んだ遠藤さんの視線を受けとめて、ミナのお母さんの微笑みがいっそう深くなった。

「雛子は家にいます。あの子、ちゃんと浮立に参加したいって言うから。いえ、天ちゃんとも約束してたわけじゃないんですよ。ちょっと用事があって耳中駅まで出てきたらばったり出くわしたんです。天ちゃん、福岡の天神まで買いものに行くんですって。だからわたしも一緒に行っていい？　って」

もうすぐ姪の誕生日ですから、天ちゃんの若いセンスでプレゼントを選んでもらおうかしらって、とミナのお母さんは口もとに手を当ててすこぶる上品に微笑む。

「天ちゃんもまた、なんで今日買いものに行こうとしたとね？」

遠藤さんが、つとめておだやかな口調で話そうとしているのがわかる。視線は、天が背負っている大きすぎるリュックサックに張りついたままだ。

「あの浮立は、強制参加なんですか？」

ミナのお母さんの言葉に、それは、とか、いやでも、とかなんとか、遠藤さんが口をもごもごさせる。

ミナのお母さんはたぶん嘘をついている。嘘をついてまで天を庇う理由は知らないけど、この人の言っていることが嘘だということだけははっきりとわかる。

「かわいそうな天ちゃん」

天の肩を抱いたまま、もういっぽうの手で天の髪を撫ではじめた。天はおさない子どものようにされるがままになっている。かわいそうな天ちゃん、と繰り返すミナのお母さんの声が俺の頬を打つ。なぶるように、何度も、何度も。

「好きな時に好きなところに行くこともできないのね」

わたしと一緒ね。ミナのお母さんがそう続けたように聞こえたが、たしかではない。とても、とても、ちいさな声だったから。

かわいそうなんかじゃない。空っぽになってしまった天を見つめながら、血が出そうなほど唇を強く嚙みしめた。かわいそうなんかじゃない。これでよかったんだ。俺はちゃんと天を守ったんだから。ぜったいに、ぜったいに、間違ってなんかいない。

第三章

天

博多《はかた》駅から乗車したたくさんの人たちはほとんど天神で降りていって、わたしも降りたい、と思ったけどがまんした。耳中市に近づくにつれ、駅と駅との距離があく。車窓から見える景色に緑が増えて、トンネルに入ると耳の奥が痛くなった。

十数年ぶりに降り立った耳中駅の構内には、昔はなかったコンビニエンスストアができていた。たしか前はこのあたりにオレンジ色のベンチがあったなあ、と思いながらしばらくそのあたりを眺めた。十四歳の時ベンチでミナのお母さんと話したことや、十八歳で家を出た時にリュックの底に入れてきたはずの財布がなくて半泣きでさがしたことも、合わせて思い出す。財布は結局、リュックの底ではなくポケットのところに入っていた。

電車の到着時刻は、すでに兄に伝えていた。何度も断ったにもかかわらず、兄は迎えに行く、と言いはった。

ほんとうは浮立《ふりゅう》の日の、ミナとの約束の時間ぎりぎりに来て、終わったらすぐに帰るつもりでいた。もちろん、実家には寄らずに。肘差に行くことはミナにしか伝えていなかったのに、数日前に兄から電話がかかってきた。

「浮立ば見に来るとやろ？　いいかげん、お父さんと仲直りせんね」

兄の勤めている会社には、斉藤くんがいる。斉藤くんは藤生から聞いて、斉藤くんが兄に話したという経緯で、あらためて肘差ネットワークのすごさを思い知る。

「仲直り、って……」

子どものケンカみたいに言わないでほしいなあと鼻白んだが、兄は真剣そのものだった。親はいつまでも生きてるわけじゃないとかなんとか言われたが、もし和解せぬまま父が死んでしまったとしても、わたしはそれはそれでべつに構わない。二度と帰ってくるな、と言われたあの時に、わたしはぜんぶ捨てたのだから。

兄は数年前に結婚して、子どもが生まれたばかりだと言った。男女の双子で、名前は遥《はるか》と彼方《かなた》だという。肘差から一度も出なかった兄の、とても真摯な願いに触れた気がして、わたしはスマートフォンを握りしめたまましばらく黙っていた。

「じゃあお父さんには会わんでよか。お前の甥と姪の顔だけでも見ていってくれ」

いちおう、なけなしの貯金からお金をおろし、出産祝いの相場をネットで調べてきた。ロータリーに出ると、白いセダンが停まっていた。車の前に立っている初老の男女が自分の両親であると気づくのに、数秒かかった。迎えに来るのは兄だけではなかったのか。聞かされていた話と違う。

「天」

母が涙声で名を呼ぶ。父は唇をへの字に結んでいた。無意識のうちに、父の手に目が向いた。何度も、何度も、わたしの頭や背中に振り下ろされた手に。手の甲に大きな茶色い染みがある。昔からあっただろうか。もう思い出せない。母がハンカチで目頭を押さえて全身を震わせている。

わたしは一定の距離を保ったまま、彼らを見つめ続けた。後部座席のドアが開き、兄らしき男が姿を現して、一瞬わたしに向かって目を細めた。記憶にある姿よりずっと太っていた。

「おかえり」

ただいま、とは言わなかった。なぜ母はあんなふうに泣けるんだろうと思う。父は母の肩を、いたわるように抱いている。兄がふたりとわたしにむかって等分にやさしげな眼差しを注ぐ。わたしはというと、彼らを一枚の絵のように眺めることしかできない。

昔、この三人にたいして感じた憎しみや苛立ちやおそろしさは今も変わらず、刈っても刈っても生えてくる草のようにわたしの中に茂っている。あの頃と違うのは、その草の脇に堂々と立っていられる、ということ。おそろしい虫が潜んでいるのではないか、つるが伸びてわたしの足をすくうのではないか、毒があるのではないかと怯えずに済む。

それは赦《ゆる》しとは違う。老いてひとまわりちいさくなった父も、白髪の増えた母も、中年の体型になった兄も、いつのまにかわたしにとって恐れるに足らぬ存在になっていたことに気づかされただけだ。

「乗って、天」

兄がドアが開いたままの後部座席を指さす。昔の兄なら「乗れ」と言っただろうな、と思いながら車に乗りこんだ。車の中は父の整髪料と母の化粧品が混じったような匂いがした。

ミナ

なにかがちかりと光った気がして、伏せていた顔を上げた。光ったのは海だった。耳中市行きのこの電車は海沿いを走っている。そんなこと、すっかり忘れていた。

今日はよく晴れていて、水平線は定規を当ててしゅっと引いたようにくっきりとまっすぐに伸びていた。海面はところどころ緑がかっていて、太陽の光のあたる角度によって、銀や金の糸を織りこんだような複雑な輝きを見せてくれる。ずっと見ていたかったけど、すぐに目が痛くなってあきらめた。

東京から博多までの新幹線の中ではほとんど寝ていた。途中、後ろの席の子どもの叫び声やアナウンスに目を覚ましたりもしたけど、しばらく目を閉じているとまた意識が飛んだ。よくこんなに寝られるものだと自分でも呆れてしまうほどぐうぐう眠り続けてしまった。ここ数日の夫との話し合いで疲れていたのかもしれないし、あるいはべつの理由があるのかもしれない。

「精神的にしんどいと、眠くなる」というような告白を聞いたことがある。現実逃避かもしれない、という言葉が続いたこともはっきり覚えているのに、それを言ったのが誰だったかは、もう思い出せない。

博多駅発、耳中市行きの電車は乗りこんだ時にはたくさんの乗客がいたものの、ほとんどが福岡市内の駅で降りてしまい、この車両にはもうわたしの他にはおばあさんがひとり座っているきりだ。平日とはいえあまりの利用者の少なさに「廃線」の二文字が頭をよぎる。

知らないあいだに父からメールが届いていた。鍵を郵便受けに入れておくから、と書いてある。ありがとう、と返信すべきか悩んで、結局しなかった。

父と顔を合わせるのも、数年ぶりだ。

「家に泊まってもいいだろうか」と連絡した時、父は戸惑いつつも喜んでいるようだった。

「泊まるもなにも、雛子の家でもあるんだよ、この家は」

あの家。父が祖父から相続した家。わたしと母がかつて住んでいた家。

父は、わたしの結婚式には出席しなかった。母の再婚相手である佐藤《さとう》さんへの遠慮もあったのだろう。それから半年ほどして、わざわざ東京まで会いに来てくれた。顔を合わせるなり「すっかり変わってしまってわからなかった」と頭を掻いた。

自分が住んでいた頃の東京とは違うという意味だったのか、あるいは娘のわたしが変わってしまった、ということなのかは訊きそびれた。食事をするあいだずっと椅子の上で居心地悪そうにもぞもぞしている父にそれを確認するのは、なぜかひどく残酷な行為のように思えてならなかった。

あの時だけじゃない。わたしはいつも、たいていのことを訊きそびれてしまう。あの女の人とは、結局どうなったの？　その質問も、十数年間飲みこんだままだ。

あと十分で肘差行きのバスが出る時刻なのだが、耳中駅と耳中バスセンターのあいだには微妙に距離がある。がんばってキャリーケースを引きずって歩いても、間に合う保証はどこにもなかった。肘差行きのバスは本数が少ないから、もし間に合わなければ次のバスを一時間以上待つことになってしまう。

駅前に待機しているタクシーに乗ろうかとも思ったけど、十数秒迷って結局やめた。生活の目処《めど》が立つまではすこしでも余計な出費を減らしたい。早足で人通りのすくないアーケード街をひたすらに進むうちにこめかみに汗が滲んだ。息を切らしながらようやくバスセンターに辿りつき、発車寸前のバスに乗りこんでぐったりとシートに背中を預ける。車内には劣化したビニールシートみたいなへんな匂いがこもっていた。

国道沿いに、記憶にないファミリーレストランやコンビニやホームセンターができていた。ピカピカした建物と背景にそびえる山はでたらめにつくったジオラマみたいで、思わず目を背ける。

ふるさと館前。わたしが住んでいた頃は存在しなかった名の停留所で降りたら、誰かがわたしの名を呼んだ。

「雛子ちゃん」

遠藤さんだった。身につけた紺色のエプロンの胸元に「ふるさと」という文字が白く染め抜かれている。背が高くて、黙っているとちょっといかつく見える遠藤さんは笑うと極端に印象が変わる。「あれ、意外とかわいいかも」と思った次の瞬間に、その目がおだやかに澄んでいることに気づく。遠藤さんに会うたび、中学生の頃のわたしは象を連想した。大きな身体をした、あのやさしい顔の生きもの。象みたいな遠藤さんは敏捷な動作でわたしの手からキャリーケースを取る。ひょい、と持ち上げて歩き出した。

「東京からまっすぐ来たと? 疲れたやろ?」

ふるさと館と呼ばれるこの施設は、わたしがこの村を出ていった直後にオープンしたのだという。このあたりの農家の人がつくっている野菜や、肘差村の特産物であるお茶や、そのお茶を使った羊羹《ようかん》などを販売していて、遠藤さんは現在その館長をつとめている。ああ、もう村じゃないのか。手にとった羊羹の製造元の住所を見て思い出す。市町村合併で耳中市に吸収されて、耳中郡肘差村は耳中市肘差になったのだ。

「変わっとらん」

パイプ椅子を出しながら、ふいに遠藤さんが言った。心を読まれたのかと思った。地名が変わっても肘差はなにも変わらないと言ったのかと。「雛子ちゃんは」と続けられて、勘違いに気づく。

「いえいえ、変わりましたよ」

もう三十歳なのだから、変わらないはずがない。でも遠藤さんは真剣な顔で「いいや変わらんよ」「バスから降りてきた時すぐわかったけんね」と言葉を重ねる。

「遠藤さんも変わりませんよ」

「いやいや」

遠藤さんが照れたように顔の前で手を振るたび、薬指で金色の指輪が光った。

「お子さんたち、お元気ですか？」

「うん。元気、元気。下の子は浮立《ふりゅう》に出るよ」

ペットボトルの緑茶が目の前に置かれる。レジ台をはさんだかっこうで、遠藤さんも椅子に腰をおろした。

肘差を離れてから今まで年賀状のやりとりを続けている人たちがいて、遠藤さんもそのうちのひとりだった。ある年に届いた遠藤さんからの年賀状は写真入りで、「結婚しました」と書かれていた。黒紋付きでしゃっちょこばっている遠藤さんの隣で微笑む色打掛姿の女の人はとてもやさしげで、やんちゃそうな男の子が一緒にうつっていた。

色打掛の女の人は遠藤さんの初恋の人らしかった。のちに進学のため東京に出てきた同級生からそう聞いた。旦那さんと死別してひとりで息子を育てていたその人を、遠藤さんが「陰になり日向になり支え続け」、「念願叶って」ようやく結婚に至ったという。年賀状は翌々年には赤ちゃんを囲む夫婦と息子、という構図になった。「新しい家族が増えました」というコメントとともに麗緒那《れおな》という画数の多い名が印刷されていて、優輝斗《ゆきと》という男の子とあわせて考えるに、遠藤さんの奥さんとなった人の好みによる名づけなのだろう。

「上のお子さんは出ないんですか、浮立」

「ああ、優輝斗はもう社会人やけん」

飲んでいたお茶にむせそうになった。

「え、もうそんなに……」

「うん。耳中農協に勤めよる」

あ、でも浮立は見に行くって言いよった、妹が出るけんね、と肩を揺らす遠藤さんの表情は屈託がなく、血の繋がりのない息子ともうまくやっているのだろうということがよくわかった。胸の奥がちくりと痛む。

「来週ですね」

「そう、来週。十六年ぶりに復活」

音源は息子さんに頼んでCDに保存してもらったという。カセットテープで再生されていた頃のあの間延びした音楽が耳の奥によみがえる。

衣装や楽器は公民館に保管されていたが、状態は芳しくなかったようだ。新たに買い直したものもいくつかあるという。資金集めについての苦労話を、遠藤さんは身振り手振りを交えて熱っぽく語る。

「それも息子たちがいろいろ考えて協力してくれたとよ。あのほら、なんていうとかね。クラ、……クライドファイティング？」

「……クラウドファンディング、ですか？」

「そう、それそれ！」

さすが若者はよう知っとるね、と遠藤さんはしきりに頷いているが、遠藤さんの息子さんと比べたらわたしはもう若者じゃない。例の火事で焼失した肘差神社の社《やしろ》も住民からの寄付金で再建されたという。以前よりはずっとちいさいらしいが。

「今も小学校の体育館で練習してるんですか？」

「いや『肘差体育館』ていうのができたとよ」

数年前にいわゆる市民体育館がつくられた。ものすごい立派な建物ができたとよ、と両手を広げてみせる遠藤さんの瞳が誇らしげな光を帯びる。

「雛子ちゃんも、浮立ば見に来たっちゃろ？」

「はい。当日には天と、それから藤生と会う予定です」

「ああ、天ちゃん！」

遠藤さんの目がきゅっと細められる。

「元気ね？　あの子は」

「わたしもずっと会ってなくて電話で話してただけですけど、元気だと思います」

そうね、そうね、と何度も頷いて、遠藤さんはペットボトルのお茶に口をつけた。

「藤生はしょっちゅう顔見せにくるけどね」

藤生。その名を口にしても、もう心の周囲に張りめぐらされた線が震えることはない。わたしは、長い時間をかけて初恋を実らせた遠藤さんとは違う種類の人間なのだろう。藤生を好きだったのはたしかにかつての自分なのに、もう知らない誰かみたいに感じられる。藤生のどんな仕草やどんな表情が好きだったかもちゃんと記憶しているけれども、現在のわたしはその記憶のファイルを、めったなことでは開かない。ファイルごと削除する気もないけれども。

「年賀状のやりとりを続けている相手」の中に、藤生はいる。それに加えて、SNSで繋がってもいる。でも個人的なメッセージを送りあったりはしない。投稿されたあたりさわりのない食べものの画像、藤生が飼っている猫の画像に「いいね」を押す。わたしが投稿する手料理や外出先の風景を撮った画像に藤生が反応を示したことは、一度たりともない。

三人で会わない？　というメールを送って、「いいよ」という返事が来たのは三日後のことだった。なにか迷っていたのか、それともたんに忙しかったのかはわからない。耳中ケーブルテレビで働いているという藤生が今どんな仕事をしているのか、ケーブルテレビの番組を制作するほうなのか出演するほうなのか、そんなことさえわたしは知らないのだから。

「仲良かったもんねえ、君ら三人」

遠藤さんの記憶は、事実と微妙に異なっている。わたしと藤生は親しくなかった。親しくなりたくて、なりたくて、ついになれなかった。わたしと藤生のあいだには、いつも天がいた。天がいなければ、たぶんもっと遠かった。

「あの、遠藤さん。わたし」

藤生とはそんなに仲良くなかったですよ、と言おうとした。それなのに、ぜんぜん違うことを言ってしまった。まだ誰にも言っていなくて、でもいつかはみんなに言わなきゃいけないことを。

「わたし、離婚するんです」

遠藤さんは一瞬動きを止めたけど、表情は変えなかった。

「そう」

「はい」

いつ、とか、どうして、とか、遠藤さんはいっさい言わなかった。お茶をひとくち飲んでから「しばらくこっちでゆっくりしていったら良かよ」と微笑んだだけだ。そうします、と応えた自分の声は思ったよりしっかりしていて、そのことにほっとする。

君はなんにも悪くないんだ。夫はそう言ったけど、そんなことはわたしだって知っている。つきあっている人がいる、とある日とつぜん告白してきた夫は、わたしが夫の浮気によって自分を責めて落ちこむとでも思ったのだろうか。たとえば「わたしがいい奥さんじゃなかったからいけないのよね」とか。ばかばかしくって、涙が出てくる。

「いつからなの?」

半年前から、というのが夫の答えだった。言っとくけど浮気じゃない、と夫はわたしを見据えた。

「本気なんだ」

無駄に毅然とした口調やまっすぐな視線に、吐き気がこみ上げた。夫は玩具メーカーに勤めている。かつてはわたしもそこで働いていた。職場ではなく「プライベートで」知り合った女の人なのだという。どうやら夫の言う「プライベート」には、わたしとの生活は含まれていなかったようだ。

わたしより七歳年上の夫よりさらに三歳年上だというから、ちょうど四十歳ということになる。仕事一筋で生きてきた女の人なんだ、と夫は言った。訊いてもいないのに。

「妊娠でもしたの？」

わたしが問うと、夫は「とんでもない」と首を振り、あやうく笑い出すところだった。とんでもない、だなんて。妻がありながら「浮気じゃない恋」をすることは「とんでもない」ことではないのか。

「もし妊娠したとしても、彼女はひとりでなんとかしようとする、俺に頼らずに。そういう人なんだ」

だからこそ一緒に生きていきたいと思うんだ、という言葉を聞いてトイレに駆けこんだ。反吐《へど》が出る、というのは「それぐらい気分が悪い」の比喩的表現だと思っていたけどそうではなかったと、何度も水洗のレバーを押しながら考えていた。目の前の現実があまりに醜悪である時、人間はほんとうに吐いてしまうものなのだと知った。

「ほんとうにすまないと思っている」

ドアの向こうから後を追ってきた夫の声が聞こえてきた。わたしがトイレから出てくるのを待つ余裕すらなかったらしい。お金のことはなんとかする。できる限り、サポートするから、君が自立できるように、と言われて、また気持ちが悪くなった。どうやらわたしは夫に「自立していない女」だと思われていたようだ。

胃の中のものをぜんぶ吐き出してしまったのか、黄色い液体みたいなものが口から出てきて、鼻がつんと痛くなった。もしこれがつわりによる吐き気だったら大昔の三流ドラマみたいだなと思ったけど、そうでないことは自分がいちばんよくわかっていた。もう何ヶ月も夫はわたしに触れていなかった。「仕事で疲れているから」という言い訳を、わたしはそっくりそのまま信じて、疲労回復にはビタミンやミネラルが大切だからと緑黄色野菜をたくさん献立に取り入れる工夫なんかしていた。すこしでもよく眠れるようにと、ベッドのシーツをまめに取り替えたり、安眠効果があるという照明や枕をネットで取り寄せたりもした。なんておめでたい妻だったんだろう、わたしは。

わたしは今まで、誰かと喧嘩をしたことがない。思ったことをなんでも口に出すのは品がないとすら思っていた。嫌われないように、相手を不快な気持ちにさせないように、いつもそれをいちばんに考えて、言葉を選んできた。いやなことがあっても、なるべくおだやかに冷静に、その気持ちを伝えようとしてきた。やたら感情的になるのは子どもっぽくて、みっともないことだから。

そのうち、どんなに不愉快な思いをしても顔は微笑んでいられるようになったし、そもそも怒る機会も少なくなっていった。いつも上機嫌でいられるように、自分をコントロールできているつもりでいた。

昼間、家の中にひとりでいると夫の「浮気じゃない」という言葉が何度も耳の奥で響いて、それをまぎらわせたくて、夫の枕にはさみを入れた。低反発素材ははさみの侵入を拒み、どんなに力を入れても切れず、最終的にカッターを使った。時間をかけて、細切れになるまでひたすら切り刻んだ。

その次の日には、シーツにはさみを入れた。そのまた次の日は寝室の遮光カーテン。荒れた部屋を見まわすたび、帰宅した夫のおびえたような顔を見るたび、ひどくむなしくなった。自傷行為をした後というのはこんな気持ちなのだろうかと思ったりもした。あれはまさしく自傷だった。どうにかして夫を傷つけてやろう、苦しめてやろうとするたび、痛みに悶えるのは自分のほうだった。今でもわからない。いったいどうやったらわたしは、夫に一生消えない傷を与えることができたのだろう。


仏壇に白い埃がつもっている。

十数年ぶりに足を踏み入れた小湊家は、相変わらず古ぼけていて、廊下の床が軋む。台所にあったキッチンペーパーを濡らして、ごしごし仏壇を拭いた。キッチンペーパーはすぐに灰色に汚れて使いものにならなくなる。お線香も湿気でダメになっているのか、なかなか火がつかなかった。おそらく何年も手を合わせることすらしていないのだ。でも仏壇という物体は、目を背けながら暮らすにはあまりにも存在感がありすぎる気もする。仏壇は汚いが、居間はすっきりと片付いている。あの祖父がいないから、散らかりようがないのかもしれない。投げ捨てるみたいにものを置く人だった。脱ぎ散らかした服は誰かがきちんとたたむかハンガーにかけてくれて、ポイ捨てした煙草は誰かが拾ってくれる、そういう生活を続けてきたせいだ。

そのことを、のちに友人や恋人に話したことがあるけど、みんななかなか信じてくれなかった。そんな非常識な人、いる？と呆れられることすらある。ほんとうだよ、自分の服や下着がどこにしまってあるかも知らなかったんだからと言い添えると、多くの人は笑い出す。わたしがおもしろい冗談を言ったみたいに。いくら九州の田舎だからってそんなのぜったい嘘だよ、ていうかいつの時代の話それ、明治？ぜんぶほんとうのことなのに。祖父はほんとうにそういう人で、わたしはそういう人と血が繋がっていて、そして十四歳のわたしは毎日、あの人がはやく死にますようにと祈っていた。

おじいちゃんがはやく死にますように。

毎日、肘差神社のほうを向いてそう祈ることを、いけないことだとは思わなかった。だってあの頃の自分に、なにができたというのだろう。そう祈る他に、いったいなにが。

思わないようにしていた。

不器用な人、と言われていた。結婚する前の夫のことだ。その頃は坂口《さかぐち》さん、と呼んでいた。コーヒーメーカーもコピー機もパソコンも、坂口さんが使うとなぜかたちまち調子が悪くなった。口がうまいわけでもないし、要領よく立ち回ることもできない人。

「不器用」はだから、好意的な意味合いで使われていた。

紙を詰まらせたコピー機を調整したり、コーヒーメーカーを分解するのはいつしか毎回わたしの役目になった。というよりも坂口さんがいつもわざわざわたしに助けを求めてきたのだった。ごめんねごめんね、と両手を合わせて。会社の他の女の子はなにか頼むたび「もう、またですか？」とめんどうくさそうな顔をするからこわくて頼みにくいのだと眉を下げる、その様子がかわいいと思っていた。

自分よりはるかに大きな身体をした年上の男の人から「助かったよ」「いややっぱりさすがだね」と感心されると、くすぐったいような気分になった。しかも詰まったコピー用紙を取り除く程度のことで。

熊みたいな図体をした、手先が不器用な人。一重の垂れた目をしている。藤生と似ている部分がひとつもなかった。だからよかった。

中学を卒業してから、何人かの男の子や男の人とつきあった。雛子の異性の好みって一貫してないっていうか、歴代の彼氏みんな見事にタイプが違うね、と友人に指摘されたことがある。「そうかもー」と笑って受け流したけどほんとうは違う。ちゃんと共通点はあった。「藤生に似ていないこと」だ。

一定以上の学歴を有していること。借金がないこと。親族姻族の中で素行に問題のある人物がいないこと。心身ともに健康であること。母が提示した「娘の結婚相手の条件」も、坂口さんは難なくクリアした。

結婚しようという彼の申し出に、わたしはすぐさま応じた。断る理由などなにもなかった。結婚式の日、ウェディングドレスを着て微笑むわたしは幸福というより安堵に満ちていたはず。もう恋をしなくて済む。結婚する時、そのことがなによりもうれしかった。だって恋なんてすこしも楽しいものではない。わたしはもうあんなふうにわけのわからない感情に振りまわされるのはごめんだ。おびえて、妬んで、うらやんで、恥じて。これからは夫とともに静かな暮らしの中でおだやかな愛情を育んでいけばいい。そんなふうに考えていた。

喉の渇きをおぼえて、ふたたび台所に入る。お茶が飲みたかったが、見つからなかった。インスタントコーヒーは湿気ていて、あきらめて白湯を飲む。

九月にしては肌寒い。山が近いせいだ。ここにいた頃の九月はもうすこし暑かった気がするのは、自分自身が若かったから、という理由もあるに違いない。

遠くで太鼓の音が聞こえる。来週の浮立本番に向けて最後の練習をしているのだろうか。

湯呑みを置いて、ゆっくりと立ち上がった。

小学校の近くに新しくできたという市民体育館は、すぐに見つかった。田んぼの稲が風が吹くとさわさわ揺れる。十月頃の稲刈り直前の黄金色の田んぼももちろん良いけれども、稲が緑から黄色に移り変わるこの時期もまた格別の美しさだ。

肘差はきれいなところだと思っていた。山も、川も、田んぼも。のどかなこの村が好きだと思っていた。でもそれはきっと、自分がここで生まれてここで生きていく人間ではないことを知っていたからだ。いつかは出ていくこともできる、という来訪者の目で見ているからきれいだの のどかだのと受け止めていられたんだろう。

市民体育館の出入り口はガラス張りになっていて、靴を脱いで入っていかなくても中の様子を見ることができる。小学校の体育館よりずっと広くて明るい。コートの半面にはネットが張られ、女の人たちがバドミントンに興じている。

きょろきょろ見まわして、子どもたちに振りつけを教えている遠藤さんの姿を捉えた。「いいよ！　上手！」というきわめて肯定的な声かけを繰り返すところが、あの頃とちっともかわっていなかった。

ちらっと見たら立ち去るつもりだったのだが、わたしに気づいた子どものひとりがなにか言って、こっちを指さした。遠藤さんが振り返り、ばっちり目が合ってしまう。

「雛子ちゃん！」

入って入って、と手招きされてしまい、そんなつもりじゃなかったのにと後ずさりしたら腰になにかが当たった。振り返ると、クーラーバッグを持った男の人が立っていた。

前髪を指で払って「ちょっとすみません」とわたしに会釈をする。そこではじめて自分が出入り口をふさいでしまっていることに気づいた。

「あ、すみません」

耳中市農業協同組合。クーラーバッグに、油性ペンで大きくそう書かれている。男の人のシャツの胸には〈共済課 時田《ときた》〉という名札がつけられていた。体育館に入ろうとして、わたしを振り返る。

「入らないんですか？」

いえ、あの、わたしは、あの、とまごついていると、遠藤さんが「雛子ちゃん！ おいで！」とまた呼んだ。〈共済課 時田〉さんがドアを押さえたままわたしをじっと見ているので、いよいよ入らないわけにはいかなくなった。うすい靴下ごしに踏むリノリウムの床はひんやりとしている。スリッパはそこですよ、と〈共済課 時田〉さんが指さす先に、段ボールに無造作に放りこまれたビニールのスリッパがあった。

遠藤さんが「休憩しようか」と子どもたちに声をかけると、子どもたちは〈共済課 時田〉さんに、というか持っているクーラーバッグに群がった。めいめいペットボトルのジュースを手にしてキャアキャアと声を上げている。

〈共済課 時田〉さんは、ジュースを配り終えるとすぐに「じゃあ」と帰ってしまった。

「さっきの、息子の職場の先輩。時田翼《つばさ》くん」

遠藤さんから差し出されたペットボトルを受け取りながら、はあ、と頷く。件《くだん》のクラウドファンディングにかかわっているのかと思ったら、どうもそうではないらしい。

「翼くんはそういうタイプやないもん」

「はあ」

「見たらわかるやろ？」

「いえ、さすがに見ただけでは」

単に差し入れを遠藤さんの息子さんの代理で届けに来ただけらしい。

「ちょっと無口すぎるけど、良か子よ。あ、ていうか肘差の子やけん、小中一緒やったっちゃないと？　知っとるはずよ」

そもそも学年が違うだろうし知るわけがないのだが、人類みな兄弟肘差村民みな仲間みたいなことを本気で思っていそうな遠藤さんにははっきり言いづらい。そうですか、と曖昧に微笑むにとどめる。

高いところに設置された窓から入ってくる西日が、まだ真新しい床や走り回る子どもたちの髪や肌を蜂蜜の色に染める。バドミントンのラケットでシャトルを打つ音が、子どもたちの笑い声の合間に時折聞こえる。

この子たちはみんな、肘差天衝舞《てんつくまい》浮立が廃絶された後に生まれてきたのだ。

「一から教えるの、大変じゃなかったですか？」

遠藤さんが、首からかけたタオルで汗を拭う。うーん、と唸ってから目尻にやさしい皺を寄せた。

「まあ、簡単ではなかったけど」

休憩時間だというのに隅で浮立の振りつけを自主練している、やけに熱心な女の子たちがいる。隙あらば練習をサボろうとしていた昔の天を思い出して、ちょっと笑ってしまう。

「遠藤さんはどうして、浮立を復活させようと思ったんですか」

なんでやろかねえ。遠藤さんはまた汗を拭いながら、首を傾げる。

「……伝統を守る、みたいなことはさ、めんどくさかとよ、基本的に」

浮立が廃止になると決まった時、「さびしい」という声が複数挙がったという。でもそれは大半が、浮立保存会に関わっていない人間だったと遠藤さんは息を吐く。

「運営側はやっぱり、うんざりしとる人が大半やったとやろうね。まあ、いろんな事情もあったし。やめたいけど伝統やけん続けんといかん、ぐらいの意識やったと思う、みんな」

お父さんとお母さんは離婚することにしたの、と告げる母の声が、なぜか唐突によみがえった。父もその場にいた。深刻そうに眉間に皺を寄せて、腕を組んでいた。どうして原因をつくった人が黙っているのだろうと、わたしにはそれがさっぱりわからなかった。

　お父さんがあの女の人と別れれば、おじいちゃんが死ねば、両親はもとの良好な関係に戻ると思っていた十四歳のわたしはなんと世間知らずで愚かだったのだろう。時間をかけてすこしずつ損なわれていった両親の関係は、ひとつの原因が取り除かれたとしても到底修復できるようなものではなかった。祖父の死は、むしろ離婚に大きく踏み出すきっかけとなってしまった。

　肘差天衝舞浮立が廃絶したことも、防ぎようのない結果だったに違いない。廃絶されたのは十六年前の火事で神社の社が焼失したことが原因だとされているけど、ほんとうはもっといくつもの理由が重なっていたのだろう。さっき遠藤さんが言ったみたいに「いろんな事情」という言葉でしか言い表せないような、複雑にもつれあった事情と事情と事情。

　ねえ、雛子ちゃん。名を呼ばれて、どうしてだか顔を上げることができなかった。蜂蜜色の床を見つめたまま「はい」と応える。

「なんか叶えたいことがある時って、神社にお参りしたりするやろ。お賽銭投げて、両手合わせて祈ってさ」

「祈りますね」

「うん。でも俺はね、神社から家に帰ってきても、ずっとその祈りは続いとると思うっちゃん。自分が叶えたいことのためにむかって行動する時間もぜんぶ『祈り』やないかなと思うとよ。神さまってむしろそういうところを見とらすと思う。テストで百点取れますようにーってお祈りして、なんも勉強せんやったら、百点取れるわけないやん」

「まあ、そうですね」

「言葉にすると、うさんくさいね。でも、たくさんお賽銭をするより、熱心にお参りするより、毎日まじめに、自分のできる精いっぱいのことをして暮らす。それが『祈り』やないとかな」

視線をずらしたら、遠藤さんのシューズが目に入った。甲の部分に「えんどう」と書かれたそのシューズは、つま先あたりがすり減っている。体育館には子どもの笑い声と、シューズが床をこするきゅっきゅっという音がひっきりなしに響く。彼らが飛び跳ねるたび、振動が伝わってくる。足元にも、よりかかっている壁にも。とつぜん身の置きどころを失った気がして、足がふらつく。

「それがなんで浮立を復活させようと思ったことに繋がるか……それはあんまりうまく説明できんけど、でもただぼんやり『肘差はこんなに良かところやっとに、ちっともみんなにその良さが伝わらんねー』と嘆いとるだけじゃ伝わらんと思って、行動に移したわけ」

遠藤さんが両手を打ち鳴らすと、子どもたちがこっちを見た。

「本番もぜったい見に来てね」

「はい」

音楽が流れ出したのをしおに、体育館を出る。背後でまた、にぎやかな笑い声が聞こえた。わたしだって、毎日まじめに、自分のできることを精いっぱいやって、そうやって暮らしてきたつもりだった。それなのに今、ひとりぼっちで歩いている。

わたしは、ひとりぼっちだ。きっとこれから先も、ずっとずっと。


夕飯をつくって、父の帰りを待つ。こっちに来てからの数日で、はやくもそれが当然の行為のようになっていた。

今ではもう髪に白いものが交じりはじめた父は、わたしのつくる夕飯に毎回うれしそうに目を細める。すこし焦げたり味が薄かったり濃かったりしても、品数が少なくても、おいしいおいしいと箸を動かす。

離婚については、すでに話した。理由は話さなかった。というより父が訊きたがらなかった。「雛子が決めたことなら」と微笑むだけだ。昨日は「雛子がいやじゃなければ、ずっとここにいてもいいんだよ」なんて言い出した。

そうね、とわたしは曖昧に微笑む。答えに困った時はとりあえず微笑んでおく、そういう癖がついてしまっている。傷心の女が田舎暮らしをはじめ、いつしか再生をはたす。

今まで何度も、そんな小説を読んだり、同じような設定の映画を観たりしてきた。それをなぞるように生きていく自分の姿を想像しただけで皮膚が粟立つ。

ぜいごをそぎ落とし、鯵《あじ》の腹にずぶりと包丁を刺し入れる。まな板の上に滲み出る血がわたしの指を染める。水を流しながらはらわたを掻き出した。食べる時にじゃまだからとキッチンばさみで切り落としたむなびれの根元が、ちくりと指の腹を刺す。

天衝舞浮立は、明後日に迫っている。天と藤生からはちゃんと「行くよ」と返事をもらっているけど、まだすこし、不安があった。

手紙の話をした時、天はあきらかに動揺していた。藤生は「あの手紙ね、覚えてるよ」という返事をくれたが、そこには「ぜひ読みたい」とも「楽しみだ」とも、いっさい書かれていなかった。

あの日、手紙を書こうよ、と天と藤生に提案したのは、わたしだった。それははっきり覚えている。

両親から離婚の意思を伝えられたのは中学二年の冬だった。祖父の四十九日が過ぎてまもない頃だった。祖父はあの最後の肘差天衝舞浮立の後から体調を崩し、寝ついてしまった。最終的には風邪をこじらせてからの肺炎で死んだのだが「神社が燃えたからそのたたりだ」などと真顔で言う大人も、たくさんいた。

両親は「離婚は雛子の中学卒業まで待つ」と言った。進路のこともあるし、母について東京に戻るか、父についてここで暮らすか、選んでほしいと。母をひとりになんてできるはずがない、とあの頃のわたしは思っていたから、答えはもう決まっていた。

天はある時を境に、変わったように思えた。その「ある時」がいつなのか、それははっきりとはわからない。でも気がついたら、そうなっていた。以前よりすこしだけ無口になって、ぼんやりすることが増えた。藤生はあまり天に話しかけなくなって、天も『喫茶かなりや』に行かなくなった。

「藤生がつきあってる女の子に、悪いから」

天はそんなふうに説明したけど、嘘だとわかった。たしかに藤生はあの火事の後にとつぜん下級生とつきあいはじめたけど、ふたりがよそよそしくなったのはそれより前のことだったから。藤生に告白する女の子はそれ以前にも何人もいたし、藤生がそれらをぜんぶ断ってきたことも、わたしたちはみんな知っていた。藤生のはじめての彼女になったその下級生の女の子になにか特別な魅力があるとはとうてい思えなかった。

わたしは藤生が好きで、でも天のことはもっと好きで、そのふたりが教室で目を合わせないようにしているのはなんだかとてもつらくて、だから卒業直前に「三人で会おう」と誘った。だってもうすぐわたし東京に行っちゃうんだよ、もう会えなくなっちゃうんだからお別れ会してよ、と。なにがあったか知らないけど仲直りしたら？　なんて言ったりもした。天と藤生はべつべつの高校に行くんだし、このまま離れるの、いやでしょう？　そこまで思い出してから、唇を噛む。

嘘だ。わたしは、わたし自身にすら嘘をつく。記憶を改ざんしようとしている。ほんとうはただ知りたかった。ふたりがよそよそしくなった理由についての真実を。いや、天と藤生のあいだになにかもっと決定的に悪いことが起こればいいとすら思っていたかもしれない。天と藤生の仲が修復不可能なほどに壊れてしまうような新たななにかが起こればいいと期待していた。しかもわたしの目の前で。ふたりが結ばれるにせよ離れるにせよ、わたしがいなくなった後、自分の見ていないところでそれが起こるのは耐えられなかった。

包丁を握る手に力をこめて、鯵の頭を切り落とした。生ゴミ受けに放り込まれた鯵のまるい目が、わたしをじっと見ている。

でも実際のところ、なにも起こりはしなかった。わたしの家にやってきた藤生と天はややぎこちないながらもおだやかに言葉を交わし、おとなしく母が淹れた紅茶を飲んでいた。すこしだけ藤生と目を合わせるのがこわかった。あの年の夏頃に『かなりや』で、藤生がライターを盗んだところを見ていたから。「田舎暮らしがしたい」と言って、移住してきたあの男の人の名前は、もう覚えていないけど、あの人がトイレに立ったすきに藤生がライターをポケットに入れた時のことはよく覚えている。はじめは単純にあの人のライターが欲しかったのかと思っていた。よくわからないけど高価そうに見えたし。

だけど肘差神社が火事になって、あの人が放火したんじゃないかという噂が立った。石段の近くにあの人のライターが落ちていたからだという。火をつけたのは、藤生かもしれない。そうして、その罪をあの人になすりつけようとしたのではないか。最初からそのつもりでライターを手に入れたのではないだろうか。でもそれを誰かに言う勇気はなかった。もちろん、本人に確かめる勇気も。

紅茶を飲みながら、高校で部活をやるかとか、バイトはどうかとか、しばらくそんな話をした。わたしの進学先である東京の女子校の話を、天はさかんに聞きたがった。

話題はいつのまにか、学校の授業で書かされた「二十歳の自分へ」という手紙のことに変わっていた。

「ああいうの、ばかばかしく感じる」

藤生が顔をしかめると「なんで自分に手紙なんか書かなきゃいけないんだって感じだよ」と天も同意した。二十歳の自分への手紙はタイムカプセルに入れて埋められたのち、肘差村公民館で行われる成人式の日に各人に手渡される予定になっているらしい。

「ミナ、でも肘差の成人式には出られないんだよね」

今はじめて気づいた、という顔で天が口に手を当てた。そうだね、と頷くと天は「でもわたしもたぶん出ないよ、成人式なんか」と鼻を鳴らして、母が運んできた焼き菓子を食べはじめた。大きいのを口にまるごと入れたせいで、頬がリスみたいに膨らんでいた。

「なんで出ないの？　出たくないの？」

「二十歳のわたしは、ここにいない」

東京に住んでるかもしれないし、もしかしたら海外の可能性もあるし、と続ける天を見つめる藤生がやさしく微笑んでいることに気づいた瞬間、火がともった。火はいきおいよく燃えあがってわたしの全身を焼きつくした。他の女の子とつきあっているくせにまだそんな目で天を見つめるんだね、と言ってやりたかった。神社の社を燃やすようなひどい人が、自分の恋だけはきれいなままとっておくつもりなんだね。それって、すごくずるいよね。

天は「二十歳の自分へ」の手紙を、白紙で出したのだという。自分に手紙を書く意味がわからなかったから。

「……ねえ、じゃあ、二十歳のわたしに、書いてくれない？　わたしもふたりに書くから、天と藤生もそれぞれに宛てて書いてよ」

その提案に、じつは藤生も天も乗り気ではなかった。なにそれやだよ、とか、照れくさい、と渋るふたりにむりやりレターセットを押しつけた。「もうすぐわたし東京に行っちゃうんだよ」は、ここでも絶大な威力を発揮した。

天は渋々ながらも、ペンを受け取った。「ミナへ」とだけ書いた便箋と「藤生へ」とだけ書いた便箋を二枚並べて「どっちから先に書こうかな」とひとりごとを言う天をちらっと見やってから、藤生も書きはじめた。ふたりはテーブルの両端で、わたしは学習机に向かって、手紙を書いた。肘差神社に放火したのは藤生だと書いてやろうとした。誰かに言ったり本人に確かめたりする勇気はなくても、書くことならできると思った。でも。

魚焼きグリルはもうすでにふちが熱くなっていて、鯵をのせる際にうっかり触れた手の甲に熱と痛みが走る。流水で冷やしながら、唇をきつく噛んだ。書くことならできると思った。でも、書けなかった。結局どちらの手紙にもあたりさわりのないことばかり書いた。今までありがとうとか、楽しかったとか。そんなふうに、誰も傷つけない言葉を並べた。

いつもそうだ。わたしは思っていることのかけらほども、相手に伝えられない。自分が発した言葉で相手の気持ちが変化するのがこわくて言えない、いつもいつも、夫にたいしてもそうだった、両親にたいしてもそうだった、いつもいつもわたしは。

水の勢いを強めたら、飛沫が顔にかかった。目に入って、ぎゅっとつむる。嫌われたくない。それればかり考えて生きているわたしは、強烈に誰かに憎まれたり恨まれたりすることがない。夫も言った、君はなんにも悪くないと。だけど強烈に誰かに欲されたり愛されたりすることもない。父と母もそうだった。「雛子と離れたくない」とは言わなかった。言ってくれなかった。わたしは彼らの、どうしても手放したくない存在じゃなかった。

流れる水と手の甲の痛みに気を取られていて、チャイムの音に気づくのが遅れた。チャイムは絶え間なく押され続けている。蛇口をひねり、手を拭く。父ならチャイムなど鳴らさずに入ってくるはずだし、だいいちまだ帰宅する時間じゃない。

「はい」

玄関のすりガラスのむこうに見える人影は応えない。身長からして女性のようだ。すこし迷ったのち引き戸を開けて、思わず声が出た。

電話ではたまに話していたけど、顔を合わせるのは中学の卒業以来だった。でも、すぐにわかった。笑ってしまうぐらいあの頃と同じ空気を纏ったままで、天はそこに立っていた。子どもみたいにパーカのポケットに両手を突っこんでいる。

その目が、まっすぐにわたしを捉える。ポケットからすっと抜かれた手が持ち上がり、白い手のひらがわたしに向けられた。男の子みたいに短く切った髪型が、かえって天の首の細さと顔のちいささを強調している。

「よ、ミナ」

昔から、天はこんな目をしていた。人からどう見えるかより、自分が見ることのほうが何百倍も大事だと思っていそうなまっすぐな強いまなざしを躊躇《ちゅうちょ》なく相手に向ける。

ああ、天だ。天だ。どうしてだかふいに涙がこぼれそうになって、あわてて俯いた。

肘差に一軒しかないコンビニが移転していた。と言っても道路をはさんで斜め前の場所だけれども。以前より広くなったようだった。静かな村であっても国道沿いという場所が良いのか、ひっきりなしに客が出入りしている。

「ちょっとそのへんぶらぶらしない」

天はさっきそう言って親指を背後に向けた。

「今鯵焼いてるから、待って」

「うん、待つ」

『鯵が焼けるまで』みたいなタイトルの小説ありそうだよね、と上がり框《かまち》に腰掛けた天がへらっと笑い「ないよ」と応えた瞬間に、戻った。戻された、かもしれない。天と話す時はこんなふうだったと頭で思い出すのではなく、「いつもの感じ」に強引に放りこまれた。

「だいたい、どんな小説なの、それ」

「鯵が焼けるまでのあいだにいろんなことが起こるんだよ」

「いろんなことって?」

「なんだろう。殺人かな」

「天が書いてるのってそういう小説なの？」

「いや、違うけど」

天がわたしの隣ではなく、すこし前を歩くのも変わらない。履いているキャンバス地のスニーカーは色褪せてくたびれてはいるけど、汚れてはいない。きっとまめに手入れをしているんだろう。天には昔からそういう、みょうな几帳面さがあった。コンビニの冷蔵ケースから天が缶のビールを取るのを見て、思わず壁の時計を確認する。まだ、十六時にもなっていない。

「なんでお酒なの」

天が真顔で振り返る。え、のかたちに口が開いた。

「なんでって？」

だってこんなはやい時間にお酒なんて、と口ごもるわたしを、天はかすかに口を開けたままぼんやり見つめていた。

「ああ」

我に返ったようにしきりに何度も頷く。

「なんかシュワッとしたものが飲みたかったから。ごめん」

天は「こっちにするね」と炭酸水を取った。急いで、その手を押し戻す。

「ごめん、ちがうの、あの、そういう意味じゃなくて。ごめんね」

わたしも缶ビールをとって、カゴに入れた。額から汗がどっと噴き出す。そういうつもりじゃなかった。むかし天が嫌っていたこのあたりの大人みたいに、すぐに「世間体」とか「常識」を持ち出す大人になったと思われたかもしれない。天がごく軽く、わたしの腕を叩いた。触れた、のほうが正確かもしれない。気にしないで、という意味だと受け取った。というか、そうであってほしい。「じゃがりこ買おう」と呟いてお菓子の棚に移動する天の背中を見つめながら、切に願った。

「いつもの感じ」になれたはずなのに、わたしたちはやっぱり、住む世界の常識が大きく違ってしまったんだろうか。

国道を右にそれて、土手へ向かう。中学の時のスケッチ大会の日、土手に天とふたり並んで座り、橋の絵を描いたことを思い出した。なつかしいね、と言ってみたが、天はそのことを覚えていなかった。

「どのへん?」

「たぶん……このへん」

指さした場所に野焼きのあとが残っていた。黒焦げだね、と天は真顔で言い、斜面に腰をおろす。

明るいうちにお酒を飲むのははじめてだった。缶に直接口をつけるのも。

「急に来るからびっくりしたよ。天、いつ福岡からこっちに帰ってきたの?」

「昨日来た」

帰った、という言葉を天は使わなかった。ミナも来てるっていうから、と続いて、どうやら自分が肘差に滞在していることが噂になっていると知る。

「やだな」

「それが肘差だよ」

天が肩をすくめて、手元の草をぶちぶち毟《むし》る。

「ご両親、お元気？」

「うん。老けてた」

およそ十二年ぶりだからね、と天が呟いて、コンビニの袋をがさごそいわせている。え、十二年ぶりなの？　というわたしの問いは、天がじゃがりこを嚙み砕く音にかき消されたらしく返事がない。お正月とかお盆とか、今までどうしていたのだろう。これまで天がなにも言わなかったから、ちっとも知らなかった。

「……もしかしてなにかあったの？　ご両親と」

「方向性の違い」

バンドの解散理由みたいなことを言って、天は缶ビールをごくごくと飲む。白い喉が上下するのをぼうぜんと眺めた。

「方向性」

「感情の方向性。幸福追求の方向性」

よくわからないまま頷いた。

「ほんとは浮立の当日だけここに来て、ミナたちと会ったらすぐ帰ろうと思ってた。当然、家には寄らずに。でも兄から電話かかってきて」

子どもが生まれたんだよ。そう続けて、天は空中をぼんやり見ている。

「兄夫婦の子ども。今、生後三ヶ月。ずーっと子どもが欲しくて、でもできなくて、やっと生まれたのが男女の双子。手とか、こんなにちっちゃかった」

天の人さし指と親指が空中で、赤ちゃんの手のサイズを示す。

「かわいかった?」

「よくわかんない。人間に似てる謎の生きものみたいに見えた」

「方向性の違うご両親とは、和解したの?」

「してない」

フン、という息とともに、唇の端が不敵に持ち上がる。

「それは無理」

「そっか」

こめかみをそっと押さえる。お酒を飲むこと自体、ひさしぶりだ。なんだか頭の中がふわふわしてきた。

「ミナ。わたし、これからも帰省とかはしないと思う」

「うん」

「肩とかも揉んでやらない。老後の面倒とかも見ない」

「うん」

憎しみや怒りに満ちた口調ではなかった。ただもうそうと決まっているのだというふうに聞こえた。会わないあいだ、天がなにを選びとり、なにを捨てて生きてきたのかを、今日までずっと知らずにいた。

「天」

天。名を呼んだら、さっきは我慢できたはずの涙がこぼれた。酔いのせいだと思いたい。

天はびっくりしたような顔をして、それからすぐにわたしの背中をさすりはじめた。

「天。ねえ、天」

「いるよ、ここに。そんなに呼ばなくても、ちゃんとここにいるから」

涙があとからあとからあふれ出てくる。夫に離婚を切り出された時も、そのあとも一度も泣かなかったのに。

「なにがあったのか、訊かないの」

「ミナが訊いてほしいんなら訊く」

もうじきわたしが離婚することも、お兄さんから聞いたのだ、きっと。だから家まで訪ねてきてくれたんだ。

「天、あのね」

「うん」

「東京にいた頃ミナって呼ばれてたの、嘘なの」

前の学校ではミナと呼ばれていました。子どもの頃わたしがついた嘘。わたしがなりたかったわたし。

今さら過ぎる告白に、天の手が止まる。

「べつに、嘘でもいい。ミナはミナでしかないし。これまでもこれからも」

天とわたしのあいだに広がっていた空白が、今度こそちいさく縮んでなくなっていく。ひとりになったから、と声に出して言ってみたら、存外気分が軽くなった。これからは天ともちょくちょく会えるかなあ、というわたしの言葉に、天は大きく頷く。

「会えるよ」

「じゃあ、旅行とかしない？　落ちついたら」

あの頃できなかったことを、天としたい。

「いいね。お金ないけど」

お金がないから旅行にいけないなんてとても三十歳の台詞とは思えないけど、じつは夫の収入をあてにできなくなったわたしも同じなのだった。

「わたしもなかった」

「旅行じゃなくてもスーパー銭湯とか、いろいろあるよ」

なんでスーパー銭湯なんだろう。吹き出しそうなのをなんとかこらえる。

「このあいだ、内藤さんが楽しいって言ってたから」

名前もかっこいいしね、スーパー銭湯。すこぶる真剣な顔で、天はそう続けた。

内藤さんて、いったい誰なの。あとでゆっくり教えてもらおう。天の今までと、今と、これからのこと。

十七時に鳴る決まりになっている『赤とんぼ』のメロディーが鳴り響く。顔を上げた天が心底いまいましそうに「相変わらず音量がでかいな！」と叫んだから今度はこらえきれずに声を上げて笑ってしまった。

五十嵐

あなたって無駄にかっこつける癖があるよねと指摘されたのは二十七歳の頃のことだった。正直そんな自覚はまったくなかったから、ちょっと腹が立った。なんだこの女、とも思った。そんなことを言う女とのちに結婚することになろうとは想像すらしていなかった。たぶん、彼女のほうもそうだったに違いない。

そんなことを思い出しながら、車窓に視線を走らせる。タクシーのバックミラーにうつる自分は物憂そうに頬杖をついていて、そうかこういうところか、とあらためてはっとした。ポーズをとっているつもりはないのに、他人の目にはそううつるのかもしれない。

佐賀空港までの道はまっすぐに太く延びていて、しかしながらほとんど他の車が見当たらない。ハリウッド映画等でよく見かける場面を思い出す。

荒涼たる大地の真ん中にどこまでも続いていきそうな直線の道路。ぜんぜん関係ないけど若い頃よく映画を観ながら「アメリカ人はなんでこんなに運転中によそ見をするのだろう」とハラハラしていた。助手席とか後部座席の人間と喋る時に、そっちをじーっと見るから、事故を起こしそうで。

「いつもこうなの？」

俺の問いに、運転手はちらっとバックミラーに目をやり「いつもこうっすね」といかにも面倒くさそうに答える。乗りこんだ瞬間から、いかにもやる気がなさそうだった。なにが「いつもこう」なのかわからないまま答えたに違いない。

え、なにがいつもこうなの？　と意地悪く質問を重ねてやろうかと思ったが、ばかばかしくなってやめた。飛行機の時間まであと二時間以上もある。仕事を終えて観光するにもめぼしい場所が見当たらず、いっそ空港で時間をつぶそうとタクシーに乗りこんだのだが、このぶんではその予定よりもさらにはやい時間に到着してしまいそうだ。かばんには飛行機の中で読もうと持参した長編小説が入っているけど、空港にいるあいだに読了してしまうかもしれない。

「こっちには、出張かなんかで？」

やる気のなさそうな運転手が、やる気がないなりに会話を広げようとしている。

「まあ、そんなとこだね」

「よく来られるんですか」

いや、と答えようとしてみょうな間が空いた。どこまで説明しようかと迷っているうちに空港が見えてきて、結局会話はそこで終わった。

会計は一万九千八百六十円だった。一万円札二枚を差し出して「つりはいらないから」と伝えると、運転手は「あっはい」と首をすくめた。喜ぶにはあまりにも少なすぎる金額だということか。つりを受け取りたくないのは、ポケットで小銭がじゃらじゃらするのが嫌だっただけだ。でも今妻がここにいたらきっと「ほら、また無駄にかっこつけてる」と眉をひそめるんだろう。

やれやれ、と髪をかきあげようとした手を途中でおろした。

「ちょっと、その仕草すごいナルシストっぽいよ」

このあいだそう言ったのは妻ではなく、娘だ。「きもちわるっ」と顔をしかめられて、さすがにへこんだ。

展望デッキに上がって、スマートフォンを取り出す。娘に送った「佐賀出張のお土産なにがいい？　カステラ？」というメッセージには既読通知がついているが、返信はない。いつものことだ。カステラは長崎でしょ、とつっこんでほしかったのだが、そんなことを反抗期の娘に期待することがそもそもまちがいだった。もしかしたら娘は長崎の名物がカステラであることも知らないかもしれないし、カステラを食べた経験があるかどうかも不明だ。毒々しい色合いのグミを食べている姿なら週三ペースで見かけるが。

十三歳にもなれば、どこの娘も父親にたいしてこんなふうになるんだろうか。そうであってほしい。もはや悲願に近い。

どうかそうであってくれ。娘のつれなさが俺自身への嫌悪によるものではなく、単なる年齢的なものだと信じたい。いつかは収束する類のものであると。

「パパと結婚する」

三歳の頃にはそう言って抱きついてきた娘。「ぱぱだいすき」と画用紙にクレヨンで書かれた手紙は、今も大切にしまってある。そんな蜜月が永久に続くなんてさすがに思っていなかったけれども、その頃は「娘が口を利いてくれない」と嘆く上司を内心せせら笑っていた。どうせ嫌われるようなことしたんだろ、と。機会があったら謝りたい。なにもしなくても、父親であるというだけで嫌われる日が来るなんて知らなかったんだ。

展望デッキからは、むやみに遠くまで見渡せた。そうかこれが佐賀平野か、と目を細める。滑走路越しに見える有明海《ありあけかい》は藍色の帯のようだった。ひつじ雲に覆われた空の色は淡くて、見上げているうちに勝手に口が半開きになった。よく来るのかという、さっきの運転手の質問にうまく答えることができなかった。このあたりははじめてだ、と言えばよかったのかもしれない。嘘ではない。空港を利用したのははじめてだから。いや、じつはちょっと佐賀に住んでた時期があるんだよ。耳中市ってあるでしょ、あっち寄りの、そう、どっちかっていうと海寄りなのかな。肘差っていうちっちゃい村知ってる？

そう言ってしまってもよかった。どっちにしろ、あの運転手はたいした興味も示さなかっただろうが。その頃のことは妻にも話していない。隠していたわけではないが、なんとなく話しそびれた。おもしろいエピソードがあるわけでもなかったし。

大学を卒業した後になんとなく福岡（のだいぶ田舎のほう）に移り住んだ。先輩の故郷に大規模な苺農園をやっている家があって、住みこみで働く人間をさがしているという話に飛びついた。

自然の多いところでのんびり暮らすのもいいよなあと思ってしまうぐらいには、いろんなことに疲れていたのだろう。就活とか、人間関係とかその他諸々。実際には「のんびり」なんてものじゃなかったけど。苺農園での日々は過酷だった。作業の内容について、誰もなにも教えてくれない。作業の指示を出す時も、いちいち怒鳴り声みたいな口調なのだ。そういう土地柄だ、と言われても納得できない。見て覚えろ、なんてただの怠慢ではないか。

たとえば、なにかの道具を取ってこい、と言われる時にも、それがどんな形状のなにに使う道具なのかまでは言わない。どうしていいかわからず突っ立っていると、役立たずだと聞こえよがしに罵られる。名前で呼ばれたことがなかった。東京から来た人、でわかるから、それでじゅうぶんだと思われていたようだ。彼らにとって東京は「なにかを得るために行く場所」であり、その東京をわざわざ出てきた俺は、なんだかわけのわからない不気味な生物みたいに見えたらしい。なんで、なんで、と難詰される日々が、苦痛でたまらなかった。

そこから佐賀のさらに辺鄙《へんぴ》な村に引っ越すまでの経緯は、正直よく覚えていない。昔からストレスを感じると眠くなる。あの頃は常に眠かった。脳が嫌なことを拒否するようにできているらしい。肘差には結局、半年も住まなかった。東京に戻って、女性向けの生活雑貨の店を展開している現在の会社に入った。年齢の近い人間が多くて、職場の環境としてはかなり楽しかった。各店舗のカラーや商品のフェアを考える仕事もおもしろかったし、自分に向いていると感じた。「俺ももういい年なんだから落ちつこう、この会社でやっていこう」と意気込んでいた俺は、まだ二十六歳だった。なんにだって挑戦できる年齢だったのだと、今になってわかる。妻はその雑貨店の店舗のアルバイトをしていた。仕事の要領が良くて、思っていることをずばずば言うところが良かった。あの頃は、元気でわかりやすい女の子の存在がありがたかった。思い出したくないことを、思い出さずにいられるから。

会社で、今年から食器の取り扱いを増やすことになり、全国の窯元の若い作家数名と契約をとりつけることにした。山口の萩《はぎ》、長崎の波佐見《はさみ》を訪ねて、最後に佐賀の伊万里《いまり》にやって来た。今日会った作家は三十代で、もともとは千葉の出身だという。学生時代に旅先で陶芸の体験をしたことがきっかけで移住を決意したと話していた。

すさまじいほどの既視感があった。古民家を改装したという自宅も、学生時代から交際していたという奥さんの、リネンの服とまるいメガネも。台所に置いてあった自家製の梅干しの瓶も。どこかの雑誌やテレビで「スローライフ」のお手本として百ぺん提示されてきたようなスタイル、とでも言えばいいだろうか。相手が「夢」という言葉を発するたび、背中をかきむしりたくなった。うちテレビがなくて、と肩をすくめられた時は、いよいよむず痒くて床を転げまわりたい衝動を必死でこらえた。聞いたことある。それ聞いたことある。ていうか俺も言ったことある。自分の家にテレビがないということが、いったいなんのアピールになるのか、どんな「他人とは違う自分」を演出できるというのか、確信もないまま小鼻を膨らませて「俺テレビ見ないから」と語っていた自分を思い出していると、無意識のうちに俯いてしまう。展望デッキは思ったより風と日差しが強くて、頭のてっぺんがじりじり焦げる。とてもここではくつろげる気がしない。たしかレストランがあったはずだ。そこで時間をつぶそうと、ベンチから立ち上がる。

レストランには三組の先客がいた。端のテーブルには老いた女のふたり組がいて、楽しそうにお喋りに興じている。もうひと組はスーツ姿の中年男と、若い女。さほどしたしげな様子にも見えないから、なんらかの仕事上のつきあいなのだろう。テーブルの上に書類らしきものが広げられているのが見えて「やはり」と頷いてしまう。

窓際の席を選んで腰掛けると、すぐに店員が寄ってきた。コーヒーを頼んで、本を取り出す。ひこうき、ひこうき。すこし離れたところから子どもの声が聞こえる。埋まっている最後のテーブルは親子連れだった。四歳ぐらいの男の子がガラス窓に張りつくようにして、飛行機を見ている。頬杖をついてそれを眺めた。あんなにちいさいうちから、もう男児は乗りものが好きなのだ。

妻は、男女の好みの違いは後天的な要素で決まると思っていたらしい。つまり、男児だから乗りものが好きなわけではなく、男児だからという理由で乗りもののおもちゃを買い与えるから乗りものの類が好きになる、というわけだ。だからこの子にはおもちゃも服も好きに選ばせるからね、女の子だからおままごとを強制するとかほんとやめてよね、と鼻息荒く主張していた。それでも娘は、乗りものにも戦隊ものにもまったく興味を示さなかった。そうしろと教えたわけでもないのにピンクの服を着たがり、着せ替えができる人形を欲しがった。スマートフォンを開いて確かめたが、やはり娘からの返信はない。コーヒーが運ばれてくる。本を開いて読みはじめたが、うまくその世界に入っていけない。目が滑るというか、文字を追ってもまるで内容が頭に入ってこないのだ。ものの数ページであきらめて本を閉じた。気がつくと、男の子がこちらをじっと見ていた。特別に子どもが好きなわけではないが、赤ちゃんと目が合えば笑いかける程度の反応はする。ちいさく手を振ってみたが、つまらなそうに視線をそらされただけだった。傍らの母親が、ひどく申し訳なさそうに会釈をする。同じような親子連れの群れに紛れたら一瞬で見失うこと必至の、特徴のない外見の女だった。

子どもを産むと完全に「母親」という生きものになってしまう女は一定数存在する。あの母親もたぶんそうだし、俺の妻もそうだ。外見が著しく変化するとか、身なりにかまわなくなるとか、そういうことではない。子どもを産んだ後でも身綺麗にして体形を保っているにもかかわらず、子連れでない時も纏っている空気が「母親」のままなのだ。もちろん悪いことではない。頼もしくすらある。だけど妻を見ていて、たまに切なくなる。俺がかつて好きになった元気でかわいいあの「女の子」は、もういないのだな、と。失礼な言い草だと思うから、誰にも話したことはない。「母親」になったからといって妻を愛せなくなったわけではない。その微妙なニュアンスを伝えられる自信がない。

でもあの人は、とも思ってしまう。あの人は違っていた、と思うことは妻にたいするひどい裏切りのような気がするのに、脳は勝手に記憶を辿りはじめる。若くはなかった。当時中学生だった娘を二十代半ばで産んだと言っていたから、三十代後半だったのか。指折り数えて、あらためてびっくりする。記憶の中の彼女をいつのまにか自分の実年齢が追い越していることに。絢《あや》さん、と呼んでいた。けれども、本人に向かってそう呼びかけたことはほとんどなかった気がする。誰に聞かれても良いように、名字で呼びかけていた。小湊さん、と。小湊さんの奥さん、と呼ぶこともあった。

絢さん。ひとりでいる時にだけ、舌の上でその名前を転がした。美しいその人にぴったりの名前を、飴みたいに味わった。ひとくち飲んで、砂糖を入れ忘れたことに気づいた。スティックシュガーを手にとったがコーヒーはすでに冷めていて、スプーンでかきまわすとカップの底でざりざりと不快な音を立てる。

なんだっけ、あのお祭り。踊りを奉納するとかいう。名前をもう忘れてしまったけど、たしか体育館で毎日のように練習していた。あの頃お世話になっていた遠藤さんという人を手伝って、俺もその練習に参加していたのだった。

福岡の苺農園で住みこみで働いた経験は、当時の俺に「要するに他人に雇われてるからだめなんだ」という結論をもたらした。肘差のことは、ネットで知った。過疎の村への定住促進を目的として、就農希望者をサポートする制度があるのだという。家と畑用の土地を一年間無償で貸してくれるという話にすぐさま飛びついた。

肘差での生活のことはやっぱりそんなに記憶がないけど、あの体育館のもわっとした空気はふしぎとよく覚えている。そこに集まる人間が持ち寄る、さまざまな家庭の匂い。古びたCDラジカセから流れる、信じられないほど悪い音質の曲。彼らが踊りに使う、振るとカスタネットみたいな音が鳴る、へんな楽器。

あと一年ぐらい。定住促進の制度を利用していながら、自分がここにいるのはそれぐらいが限度だろう、と思っていた。親から借りた金で食いつなげるのも、あと一年。

定住する気もないのにすぐ東京に戻ろうともしなかったのは、それでも数グラム程度には期待があったからに違いない。異国みたいな村（実際、年寄りの喋ってる言葉はほとんど聞き取れなかった。訛りがひどすぎて）での暮らしが、自分に「なにか」をもたらしてくれるのではという、淡くあさましい期待。

自分は何者にもなれないのかもしれないと感じはじめたのは、何歳ぐらいの頃だったのだろうか。確信したのは就職活動を通して、だったけれども。受けた会社すべてに不採用をつきつけられて、「自分は誰からも求められていない人間なのだ」と思い知った。

音楽の才能がないことは、ギターを弾きはじめてすぐにわかった。同い年の女の子が有名な小説の賞をとってデビューしたことを知ったのは、たしか十七歳の頃だった。あの子にはたしかに「なにか」がある。大学で友人が撮ったすごい映画を観た時も、そう感じた。なにか。俺にないもの。生まれ持った「なにか」のない俺は、他人とはすこし違う経験をすることで、それを獲得しようとしていたのだった。

俺の住む貸家をすっとばしてまわされる回覧板。普通に話しかけただけで「気取っている」と言われる、あきらかなアクセントの違い。当然のように飛び交う俺の知らない単語と人名。そういったものに出くわすたび、すこしずつ心がすり減っていく。それでも俺は、肘差での暮らしに必死でしがみつこうとしていた。「なにか」を得るために。

君、いったいなにがしたいの。どの会社だったか忘れたけど、面接官から呆れたようにそう訊ねられたことがある。志望動機を語っている最中に言葉につまって、喋れなくなってしまった時だった。

君、いったいなにがしたいの。そんなこと、こっちが訊きたい。あの会社に入ってしたいことなんてなにもなかった。ただそこそこ安定した会社に就職して体裁が保てたらそれでいいと思っていた。でもそのささやかな望みすら、叶わなかった。

そういえば肘差に、ものすごく生意気な女子中学生がいた。みんなから離れてひとりで音楽なんか聴いているから気を遣って話しかけてやったのになぜか逆上されたこともあった。いちいち喧嘩腰になるような子を相手にするために田舎暮らしをはじめたわけじゃない。一度、泣いているところを見たことがある。踊りの練習中に煙草が吸いたくなって体育館の裏にまわったら、その子がいた。たぶん練習が嫌になってサボっていたんだろう。

小学校の壁に向かって、サッカーボールを投げつけていた。半分空気が抜けたような薄汚れたボールを、拾っては投げ、拾っては投げ、を繰り返す。腕を振るたび、髪が乱れて、汗の粒が散った。

そのうちに疲れてきたのか、とつぜんへたりこんだ。大きく上下している肩があまりにも華奢で、ああ、やっぱり中学生って子どもなんだな、と思ったことは覚えている。なにか声をかけようか、とすこし悩んだ。サッカーボールは投げるもんじゃなくて蹴るもんだよ、とか。草を踏むカサッという音に反応して、その子が振り返った。涙と鼻水で、顔がぐしゃぐしゃになっていた。どうしたの、と訊ねようとしてやめた。中学生の悩みなんてどうせ友だちとか家族とか進路とか、好きな人がどうこうとか、その程度のもんだろうと思ったから。今は一大事かもしれないけど、大人になったらたいしたことじゃなかったと笑える、その程度の。だからなにも言わずに背を向けた。

それからというもの、その子はやたらと俺に話しかけてくるようになった。だけど、正直面倒だった。俺に気があったのかもしれないが、その気持ちには応えられないから。

どうしても名前が思い出せない。でも、その子と仲が良かった雛子ちゃんのことは顔もはっきり覚えている。雛子ちゃんが踊りの練習の帰りにへんな男に声をかけられる、という事件があって、そこにたまたま居合わせたのが俺だった。ちょうど女子中学生が誘拐されて殺される事件が立て続けに起きた頃だった。だから、練習の後は大人が家まで送り届けること、というルールが生まれた。

そういえば最近あの事件の犯人がつかまったらしい。家で朝食をとっている最中に、テレビのニュースが流れてきた。

「あれ、あの事件！　えー、今頃つかまったんだ？」

驚いてテレビを指さしたが、妻の反応は芳しくなかった。

「そんな事件、あったっけ？」

興味なさそうに、ぼんやりパンを齧《かじ》っていた妻に「俺、この頃」と言いかけてやめた。人はすぐに忘れてしまう。たとえ誰かが死んでいたとしても、死んだのが、自分の大切な誰かじゃなければ。俺だってそのニュースを見るまで忘れていた。

へんな男の一件があってから、女の子たちは、おもに遠藤さんの車で送ることになっていた。でも一度だけ、俺が徒歩で雛子ちゃんを送り届けなければならなかったことがあった。小湊の家はいわゆる「名家」というやつで、あの村でその名を知らない人はいなかった。門をくぐってから玄関に辿りつくまでにけっこうな距離があって、その敷地の広大さにびっくりしたことを覚えている。もう学校ははじまったんだよね、みたいな話をした気がする。どこかで虫がりーんと鳴いていて、風流だね、と言ったら雛子ちゃんが「あれって鳴いてるんじゃなくて翅《はね》をこすりあわせる音なんですよね」と応えたから、急に気持ちが悪くなった。

女の人が庭にしゃがんでいた。白い服を着ていて、それが暗闇にぼんやり浮かぶ花のように見えた。

「雛ちゃん?」

白い花が喋った。聞く者の鼓膜に引っかき傷を無数につくるような、不安定な高さの声だった。

雛子ちゃんが俺を「東京から移住してきた人」だと紹介した。ああ、あなたが、と言いながら、こちらに向かって歩いてきた。けっこう背が高くて、だから俺はその顔を真正面から見ることになった。

手に、火をつける前の花火が握られていた。

「夏前にほら、酒屋さんからもらったでしょう」

三人でやろうって雛ちゃん言ってたのに、できなかったね。そう続けて、口もとだけで微笑んだ。さびしい笑いかただと感じたが、その時にはもちろん彼女のさびしさの理由を知らなかった。

「そうだっけ? 忘れてた」

雛子ちゃんは軽い口調で応じて、さっさと家の中に入ってしまった。

「そう、忘れてたの」

その口調と、本来その返答を聞くべき相手がいないせいで宙ぶらりんになってしまっている事実の二本立てによって、なおさびしさが深まった。

「あの、俺、花火好きです」

だからそんな、わけのわからないことを口走ってしまったのだろう。絢さんは軽く目を見開いた。さっき挨拶を交わしたというのに、今はじめて俺に気づいたみたいな顔で、俺に会釈をした。

「貸してください」

花火を受け取る瞬間、指先が触れた。はっとするほどつめたかった。しゃがんで地面に置かれたろうそくに火をつけて、花火を近付けると、彼女も隣にしゃがんだ。かすかな音と火花を出しながらまるいかたちがつくられていって、ぽとりと落ちる。絢さんはつぎつぎと花火を手に取った。

「この花火ね」

例の不安定な高い声が隣から発せられると、なぜかわけもなく緊張した。

「ぜんぶ使いきってしまいたいの、今日」

三人、と彼女は言った。おそらく、夫と自分と娘の三人、という意味だったのだろう。家族でできなかった花火を「今日ぜんぶ使う」ことにこだわる理由がわからないまま、俺もどんどん花火に火をつけていった。彼岸花のようにはじける火花を見ても、燃えている途中で色を変える花火を見ても、絢さんは表情を変えなかった。最後の花火をバケツに落とした時、にゃあ、とどこかで猫が鳴いた。白っぽい毛並みの猫が近づいてきて、もう一度鳴いた。

「猫を飼ってるんですね」

「この子はね、飼い猫じゃないの。このへんをうろうろしている猫よ」

絢さんは猫の背中を撫で、猫はまた鳴いた。

「そんなにお腹が空いてるの」

でもね、なんにもあげられないの。ごめんね。絢さんの人さし指が猫の眉間にそっと触れて、なぜか俺はそのまま身動きがとれなくなった。

それから、何度も会った。最初の二度は偶然だった。コンビニで一度と、郵便局で一度。もしかしたらそれ以前にもすれ違ったことはあったのかもしれない。個人として認識したとたんに、よく見かけると感じるようになっただけで。違う、違うな。コーヒーをひとくち飲んで、それを打ち消す。自分の目が絢さんの姿をさがすようになったから、よく見かけるようになったのだ。

三度目に会った時に、絢さんが運転する車に乗せてもらった。

「乗っていく?」

絢さんがつまらなそうに、前を向いたまま俺にそう声をかけてきた。はい、と答えた声が上擦った。助手席ではなく、後部座席に乗れと命じられた。乗りこむなり、今度は「頭を下げて」と言われた。

「はい?」

「外から姿が見えないようにして、乗って」

ずるずると腰をずらして身体を沈めると、車が動き出した。

四度目もそうだった。五度目も。理由は教えてくれなかった。

「このあたりの人は、いろいろうるさいから」

夫婦ではない男女が車に同乗しているところを見られたらどんな噂が広まるかわからない。六度目に会った時にようやくそう説明してくれた。

「気にするんですか、そういうの」

しばらく返事がなかったから、いつものように身を屈めたままバックミラーにうつる白い額とかたちのよい眉を見ていた。シートベルトを締めていないから、今事故にあったら確実にやばいことになるよな、と頭の片隅で考えながら。あたりが暗くなったなと思ったら、車はいつのまにか耳中市内のショッピングモールの地下駐車場に停まっていた。

「あなたとは違うのよ」

そこでようやく絢さんが口を開いた。

「その気になれば、いつでも出ていけるでしょうけど、あなたは。この村から」

いつだったか、あの村にいた男子中学生にも同じようなことを言われた。

「小湊さんは違うんですか？」

答えがわかっている質問を、わざと口にした。彼女がここを出ていくのは、夫と離婚する時だろう。その頃にはもう、小湊夫妻の不仲について知っていた。絢さんではなく、村のおっさんたちから聞いたのだ。

絢さんの夫は勤務先である信用金庫の部下と不倫をしていて云々。耳中市内の女のアパートに入りびたりで小湊家にはめったに帰らない状態で云々。でも世間体が悪いから先生（小湊夫の父で有力者の爺さん）はけっして離婚を許さないであろう云々。

「こうやって俺と会うのは」

黙っている彼女の後頭部めがけて、言葉を放った。

「不倫している旦那さんへの当てつけ？　俺を利用してるんですか？　それとも憂さ晴らし？　俺ってあなたのなんなんですか？」

何度も会っているのに触れあったことは一度もなかった。いつもあてもなく車であちこち走り回って、村はずれのどこかで降ろされる。ただ、それだけ。身体の関係を持たなければ不貞にはあたらないと思っているのか。そう問いたかった。あきらかに自分に惚れている年下の男を車に乗せて、ただうろうろするのが、あなたはそんなにたのしいのか。

絢さんはハンドルに手をかけたまま、ただ前を向いていた。なんとか言えよ、と大きな声を出したら、ようやく振り返った。そのすこぶる平静な様子に、びっくりするほど傷ついている自分に気づいた。どんな言葉をぶつけようが、俺にはこの人の感情を揺らすことすらできないのか。

五十嵐くんはわたしと寝たいの、と静かに確認されて、恥ずかしさに両手が震えた。野良猫に「そんなにお腹が空いてるの」と訊ねた時と同じ声色だったから。

「そうだよ、あたりまえでしょ、俺だって男だよ」

おどけた口調で「あったりまえでしょー」と繰り返した。そうでもしないと座っていられなかった。

「絢さんは違うの。ねえ、俺とそういうこと、したくないの」

心の中で呼びかけていた名前がうっかりこぼれ出たけど、やっぱり彼女は眉ひとつ動かさなかった。

「ええ。したくない」

きっぱり言って、絢さんはふたたび前を向いた。

「どうして」

恥ずかしくなるぐらい悲痛な声が出てしまった。せっかくのおどけた演技がだいなしだった。

「つまらないから」

つまらないから、と言ったあとに、つまらなくなるから、と言い直した。

「そうでしょ？」

「なんでわかるの、そんなこと」

返事はやっぱりなかった。

「こっち向いてよ」

ねえ、絢さん。何度呼んでも、絢さんは振り返らなかった。むりやり肩を摑んで自分のほうを向かせるような、そういう強引さを持ち合わせていたら、もっと違っていたんだろうか。いろんなことが、今とは違っていたんだろうか。

「降りるよ」

車の外に出る俺を絢さんは引き留めなかったし、歩き出しても追いかけてくることはなかった。バスで帰ろうと思ったけど、バス停の場所がわからなくて、しばらくうろうろ歩いた。べつにたいしたことじゃない。あんな女べつに好きでもなんでもなかった。そう繰り返し自分に言い聞かせることで、なんとか歩調を保てた。あれぐらいのレベルの女は掃いて捨てるほどいる。こんな辺鄙な村にいるからちょっと美人に見えただけだ。好きじゃなかった。好きじゃなかった。好きじゃなかった好きじゃなかった、ちっとも好きなんかじゃなかった。バスが来て「さ、帰ろ」と呟いた時、遠藤さんに借りている家ではなく、東京の実家が頭に浮かんだ。帰りたい。はじめてそう思った。自分でもたじろいでしまうほどに、強い衝動だった。はじめて東京の実家を出たいと話した時、姉に「自分の居場所さがしってやつ？」とからかわれた。両親は「若いうちにいろいろやってみれば」と同意して金を出してくれて、友人たちは大笑いして「三ヶ月もたないに千円」「俺は二ヶ月に千円」と賭けをはじめた。彼らに、やっぱり俺には田舎での生活は無理だったと笑って話そう。へんな虫もいるし電車も走ってないし、でもまあ不便とかそういうことは我慢できたけど、閉鎖的な村社会っていうの？　あれがほんとに無理でさー。田舎の人間、ほんと無理。俺はきっと、そんなふうに話すんだろう。こみあげてくる苦いかたまりは、バスの揺れによる酔いのせいだと思いこもうとしていた。

そこまで思い出したら、急激に眠気を感じた。ちょっとでいいから横になりたい。飲み干したコーヒーカップの底に、やはり溶けきらなかった砂糖のかたまりが残っている。スプーンでそれをつついていると、手元に影が差した。

テーブルの前に誰かが立ったのだ。店員ではなかった。黒い服を着た背の高い男が、俺を見下ろしている。

「あの、違ったらすみません……五十嵐さん、ではないですか」

そうですが、と言いながら、顎を引く。短く切られた髪に、整った目鼻立ち。まったく見覚えはないが、相手は自分を知っているらしい。

「十五、六年ぐらい前に肘差に住んでて……」

頭の中を透かし見られたようで、ぎくりとした。目の前の男は俺の表情からなにごとかを察したらしく「あ、すみません、めちゃくちゃあやしいですよね、俺」と肩をすくめてふところに手をやった。

目の前に、すっと名刺が一枚、差し出される。

「吉塚藤生です」

あの頃はまだ中学生でした、と言われた瞬間に、記憶の中の男子中学生の顔と目の前の男の顔が重なった。

「ああ、藤生くんか」

「あ、よかった」

覚えてくれたんですね、と白い歯を見せる。花が開くように。違う。澄んだ水がほとばしるように。違う。この憎たらしいほどきれいな笑顔を言い表すための言葉が見つからなくて、それがくやしい。

あなたはあなたにしかなれないのよ。

耳の奥で、その声がこだましている。

吉塚藤生は俺の正面に座って「あらためて」という感じでにっこり笑った。ちょっと気のきいたプレゼントを差し出すみたいに。どういうタイミングでどういう顔をしてみせれば相手から望む反応を引き出せるかよくわかっているんだろう。男女問わず、自分の見せかたをよく知っているやつはどこにでも存在する。

「よくわかったね、俺のこと」

「五十嵐さん、変わってないです」

だからすぐわかった、と言う。二十六歳から四十二歳への変化は、十四歳から三十歳へのそれよりもゆるやかだ。人によって違うだろうが、俺は「ゆるやか」側だろう。白髪もちゃんと染めているし、二十代の頃に買った服がまだ着られる程度には、体形も保っている。

あらためて、名刺に目をやる。耳中ケーブルテレビ、と書かれていた。

「今度空港を取材するんです。今日は休みだったんで、下見に来たんです」

「休みの日に仕事の下見に来たの。ずいぶん熱心だね」

「まあ、この仕事が好きなんで」

関西の大学を卒業して、それから今のケーブルテレビの会社に就職したそうだ。

「君が出てるの？　ケーブルテレビに」

「まさか。番組をつくる側ですよ」

なに言ってるんですか、と首を振って笑っている。

「ご結婚されたんですね」

いつのまにか、視線が俺の左手に注がれている。

「うん。東京に戻って、わりとすぐ」

「お子さんは？」

「娘がひとり」

お幸せそうですね、となぜかひどく安堵したように息を吐く藤生の左手には指輪は嵌まっていない。たしかに「お幸せ」なのだろうが、うまく声が出ず、みょうな間が空いてしまった。

「そっちは？」

藤生は運ばれてきた水をひとくち飲んで、首を振る。

「結婚はしてないです」

「ふーん。もてそうなのにね」

お世辞ではない。もてるんだろ？　このやろう。藤生の長い睫毛が一瞬震えて、静かに伏せられる。

「もてますよ」

不要な謙遜をしない。清々《すがすが》しい。いいね、と笑い声を上げたが、藤生はちっとも笑わなかった。老女のふたり組および中年男と若い女がいなくなっていて、レストランの中には親子連れと俺たちしかいなかった。

「食事はもう済んだ？」

話題を変えたら、藤生がほっとしたように「いえ、まだ」と顔を上げた。

メニューに「シシリアンライス」と書かれている。はじめて目にする料理名だった。

藤生が「おいしいらしいですよ」と言うので、それをふたつ頼んだ。

「名物だって、テレビで紹介されてたらしいです」

「地元の名物なのに『らしい』なんだ」

「そういうものではないですか、たいていは」

言いたいことはなんとなくわかる。テレビやなんかで地方の名物を紹介する時は「○○県内で知らない人はいない」ぐらいのことは言うけれども、実際はごく一部の人間しか知らなかったりするものは多そうだ。事実は歪曲される、いつだって。

白いごはんの上に肉と大量のサラダが盛られた皿が置かれて、すぐにスマートフォンを取り出した。写真を撮っていると「ＳＮＳにのせたりするんですか」と藤生が平べったい声で問う。いい年して、みたいなことを思っているのかもしれない。

「違うって、娘に送るんだよ」

「ああ、そうなんですか。仲がいいんですね」

どうせ返信はないんだけど、という言葉をなんとか飲みこむ。

あたし、お父さんみたいな人とだけはぜったいに結婚したくないな。このあいだ、娘が妻にそう話しているのを聞いてしまった。動揺のあまりあたふたとその場を立ち去ったため、妻の返事は聞いていない。万が一「そうね」なんて言われたら、たぶん心が死んだと思う。

帰りたい。ふと思う瞬間がある。会社にいる時や、自宅にいる時に、なぜか。他に帰るべき場所があるような気がしてしかたがない。今いる場所が嫌なわけではないのに、今の自分は幸せだと知っているのに、なぜかその「どこか」に自分のもうひとつの人生が存在するような気がしてならない。「これでよかった」と「こんなはずでは」という両極端な思いを、いつも左右の手のひらにのせて、天秤にかけている。天秤は常に水平を保っているけど、今後なにかのはずみで「こんなはずでは」に傾いたら、どうなるのかわからない。

藤生と向かい合って食事をしていると、忘れていたことを次々と思い出した。藤生の家は『かなりや』という店をやっていた。喫茶店のようなスナックのような田舎くさい店。

「お母さん、元気？」

「元気ですよ。まだ店やってます」

近所の爺さん婆さんのたまり場になってしまいました、という言葉に苦笑いで応じる。だって、十六年前からすでにそんな感じだったから。

藤生は家を出て、耳中市内でひとり暮らしをしているらしい。

「市町村合併で、肘差も耳中市になったんです」

「じゃ、もう村じゃないんだ」

なんにも変わりませんけどね、と藤生は肩をすくめて、シシリアンライスにスプーンを挿し入れる。

「浮立《ふりゅう》が復活するそうです」

浮立。あのへんな踊りは、そういえばそんな名前だった。結局本番は見られなかったけれど。藤生の話で、あの年を最後に浮立が廃止されていたことを知る。

俺、東京に帰ります。絢さんにそう電話をしたのは、帰る日の前日だった。連絡するのは、ショッピングモールの駐車場で別れたあの日以来だった。電話をするのはいつも俺からで、絢さんから連絡をくれたことは、そういえば一度もない。

「一緒に行きませんか」

「かけおちってこと？」

安くて古臭いドラマみたいね。電話の向こうで絢さんが笑った。安くて古臭いドラマみたいでなにが悪いんですか、と言い返した俺は笑っていなかった。

「絢さんは、これからもずっとこんなところにいる気ですか」

こんなところ、と絢さんが繰り返した。

「ずいぶんな言いかたね。こんなところ、って」

だってそうじゃないですか、という言葉を「あなたは」と遮られた。

「あなたは住む場所を変えればなにかが変わるとでも思っているの？」

とても静かな声だった。だって、と呟いたら、携帯電話を持つ手から力が抜けそうになった。自分の声がみっともないぐらい弱々しくて、羞恥に喉が狭まる。なんとか声を振り絞って、続けた。

「だって俺は、何者かになりたかったから」

なんでそんなことを話しているのか、自分でもよくわからなかった。でも、止まらなかった。就職活動に失敗した時、自分がほんとに無価値な、だめな人間みたいに思えたんです。それで、遠くに行けばなにかが見つかるような気がしたんです。なにか、が俺を救ってくれると思った。導いてくれると思った。でもなんにもなかった。前いた場所にもここにも、なんにもなかった、だから東京に戻ります、俺の居場所はここじゃなかった。

「あなたはあなたにしかなれないのよ。どこにいたって」

意味がわからなくて、わかるような気もして、でもわかりたくなかった。

恥ずかしいことを言ってしまったと後悔して、翌日、絢さんに伝えた時間より一本はやいバスに乗った。絢さんが一緒に来てくれるわけがない。電車を待つあいだ、自分にそう言いきかせた。時計の針はのろのろ進んだ。だけど、絢さんは耳中駅まで来てくれた。改札を通ってからなにげなく振り返ったら、遠くに車から降りようとする姿を見つけたのだ。手を振ったら、絢さんも俺に気づいた。伝えた時間にバス停にいなかったから、あわてて車で来てくれたのかもしれないと思った。絢さんは急いでこちらに向かってこようとした、ように見えたのだが、ふいにその視線が別の方向に注がれた。なにかを発見したらしく、驚いたように両手を口に当てて、そちらに向かって一目散に駆けていった。そうして絢さんは、そのまま戻ってこなかった。あの時、彼女の視線の先になにがあったんだろう。あるいは、誰がいたんだろう。そもそも、ほんとうに「かけおち」する気で駅まで来てくれたのだろうか。ただ見送りに来てくれただけなのだろうか。それをたしかめることもできないまま、二度と会えなくなった。

「五十嵐さん、浮立って、覚えてます？」

絢さんのことを考えていた俺は、どうやらかなり長い時間ぼんやりしていたらしい。藤生が顔を覗きこんでくる。

「うん。覚えてる。君ら、すごい練習してたよね」

「十六年ぶりにあれを復活させるために、遠藤さんがすごくいろいろがんばったみたいです。いよいよ明後日、本番なんです」

「遠藤さん……元気なんだ」

名を呼ぶと、口の中に苦いものが広がった。借りていた畑も家もすべてほったらかしにして、逃げるように東京に戻った俺を、遠藤さんはひとことも責めなかったどころか、電話越しに謝りさえした。

「つらいこともいっぱいあったろうに、気づいてやれんでごめんね、五十嵐くん」

申し訳なさやらやるせなさやらで携帯電話を持つ手が震えた。そんなこと、と口ごもったら、電話の向こうの遠藤さんは「まあ、また遊びに来てよ」と明るい声を出した。

店内に流れている音楽がいつのまにか変わっていた。アイドルだか俳優だかの、たしか深瀬ゆいというかわいい女の子の曲だ。映画の主題歌になっているせいか、あちこちでよく耳にする。

「ごめんなさい」

藤生がとつぜん、頭を下げた。

「え」

思わず、スプーンを置く。

「なにが?」

藤生の睫毛がふたたび震える。伏せられていた顔がやがて、意を決したようにゆっくりと上げられた。

「俺、五十嵐さんのライターを盗みました」

「ライター?」

「はい」

あの銀色のライター。もちろん、覚えている。先輩からもらったものだった。デザインは気に入っていたが、それほど高価なものではなかった。そういう問題ではない、ということはもちろん理解している。

「俺が盗んだんです」

「うん。知ってた」

藤生が、ゆっくりとまばたきをする。

あの夜、『かなりや』の店内で、テーブルに置いていたライターがなくなった。俺がトイレに行く直前、遠藤さんの携帯に電話がかかってきた。それよりすこし前に名前は忘れたけどあの生意気でへんなTシャツを着ている女子中学生が『かなりや』の店主と話しはじめて奥に消えていた。

俺がトイレに行くために立ち上がった時、テーブルには藤生と雛子ちゃんしか残っていなかった。戻ってきたら藤生はいなくて、雛子ちゃんがたったひとりで座っていた。心なしか、顔が青ざめているように見えた。ここに置いといたライター、知らない？そう訊ねたら、いっそう顔色が悪くなったように見えて、だからそれ以上は追及しなかった。彼女はさっきへんな男に声をかけられたばかりで動揺しており、だから俺のライターをどうこうするという行動は謎すぎるけれども、とにかくその時は、追及しないほうがいい気がした。

遠藤さんから電話がかかってきた時、肘差神社の火事のことも聞いた。現場に俺のライターが落ちていて、俺が放火したのではないかという話になった、という。そう言い出したのは藤生だということも。

「もちろん、ほんとに五十嵐くんが犯人とは誰も思うとらんけん」

俺らもそこまでバカやないとよ、と遠藤さんは鼻をスンと鳴らした。そもそも放火ですらない、と続けた。出火の原因ぐらい調べればわかるのだと。でもその肝心の原因は教えてもらえなかった。なにか事情があるようだったし、それに俺にとってももう関わりのないことなので、くわしくは訊ねなかった。

「知ってたんですか」

「うん」

「だったら、どうして」

ライターがなくなった日のことを、結局遠藤さんには言わなかった。火事の話を聞いて、藤生が持ち出したのだと合点がいった。それだけでじゅうぶんだった。どうして、と言ったきり言葉が続かない様子で、藤生が俯く。

「いちおう、大人なので」

大人なので、わかっているつもりだった。わかってあげようと思った。中学生ぐらいの子どもの不安定さというか、危うさというか。それから、人生の複雑さ、というべきもの。わかっていたから、今日まで誰にも話さなかった。

「どっちにしろあの後すぐに煙草もやめたし。ライター、いらなかったから」

藤生の肩がゆっくりと下がるのを、黙って見ていた。今の告白で、すこしは楽になれただろうか。そうだったらいい。誰にも言えないことを抱えて生きていくのは、苦しいものだから。

あなたはあなたにしかなれないのよ。その声が、また耳の奥で聞こえた。絢さんのことがずっと好きだった、と言ったら嘘になる。ずっと忘れられなかったわけでもない。だけど。

「藤生くん」

声が奇妙なほど震えて、掠れて、捩れる。みっともない。なにが大人だ。

「はい」

「いいよ。ありがとうね。話してくれてありがとう。ただちょっと、ちょっとだけ、いろんなことを思い出して。だから、ちょっと、ひとりにしてくれるかな」

俺の声が震えているせいだと思う。藤生の眉が不安そうにひそめられた。

「わかりました」

財布を出しかけた藤生を「いいから」と押しとどめる。藤生は「すみません」と目を伏せて席を立ち、数歩進んでから振り返った。ただし、俺の顔を見ずに。深くお辞儀をして、そのまま出ていく。

人生が複雑であることは知っていた。でもただそれだけだった。それ以外のことはなにも知らない、つまらない若造だった。今だってそう変わりはない。

思い出した。あの子の名前。たしか、天といった。まっすぐに人の目を見る女の子だった。自分には特別なものがあるはずだ、今いるこんな場所にはちっともふさわしくない、と思いこんでいそうな振る舞いを目にするたびいらいらした。どうしていらいらしてしまうのか、それは考えないようにしていた。中学生なんて子どもだ、とバカにしていた俺は、ちっとも大人なんかではなかった。中学生である彼らよりも十数年はやく生まれた、ほんとうに、ただそれだけだった。痛々しい女の子は俺にそのことを気づかせる存在で、俺にとってはとても都合が悪い存在だった。

目の前のテーブルの上の皿やメニューや有線の音楽が遠ざかって、あの体育館の熱気が全身を包む。CDラジカセから聞こえる音楽。うるさいぐらい鳴いていた蝉。畑を耕した後の全身の痛みと気怠《けだる》さ。土の匂い、花火の残像。闇に浮かんでいた絢さんの白い服。そんなものが次々と押し寄せては全身をなぶり、それからまた遠ざかっていく。頰が濡れて、冷たかった。鼻水もたれてくる。さぞかしみっともない顔をしているんだろう。紙ナプキンをとって、乱暴に拭った。届かなかったもの。触れることさえできなかったもの。もうふたたび目にすることすらかなわないもの。ぜったいに帰れない「どこか」。店員が遠巻きにこちらを窺っている。人前で泣くなんて、何十年ぶりだろう。かさりと音がして、濡れた顔を上げた。いつのまにか、窓ガラスに張りついていた男の子が目の前に立っていた。よいしょ、と背伸びをするようにして、テーブルの上になにかを置く。

紙でできた飛行機だった。さっきまで手の中に握っていたのか、わずかに温もっている。

「……くれるの？」

こくりと頷いて、男の子は走っていく。レジの前で待っていた母親のもとに。会計を終えた母親は俺を振り返って、かすかに微笑んだ。

スマートフォンのランプが点滅している。

おみやげこれにして。

娘のメッセージの矢印は、俺が送ったシシリアンライスの画像に向いていた。これにしてって、と呟いた唇の端が、自然に持ち上がる。持って帰れるわけないだろ、と返信を打ちながら、ようやく涙が止まったことに気づいた。スマートフォンをポケットにしまって、帰ろう、とひとりごちた。どこかに帰りたい、と願っても、ほんとうに帰るべき場所を忘れたことはなかった。これまで、ただの一度も。

藤生

目の前で三日月が揺れている。笹岡《ささおか》さんがつけているピアスだ。きれいだけど、重そうだ。

三日月に埋めこまれた白い石の名はムーンストーンという。別名は月長石。以前つきあっていた女の人、順番で言うと前の前の恋人ということになる人がスピリチュアル寄りというか、パワースポットとかパワーストーン的なものが好きだったので、自然と覚えてしまった。

彼女がよく身につけていた石はローズクオーツ（マイナスの感情を遠ざけ、愛を育む）とピンクオパール（女性らしさと「愛され力」を高める）だった。彼女の手首や胸元を彩るそれらの石たちはいつも俺に訴えてきた。愛して、愛して、愛して、と。そうやって俺のパワーをすこしずつ奪っていった。

いや石に罪はない。もっと言えば「結婚する気がないならどうしてつきあったの、わたしの時間返してよ」と泣いて俺を詰った彼女にも罪はなかった。だって彼女の言うとおりだったんだろうから、きっと。

笹岡さんが首を傾げる。また三日月が揺れる。耳中ケーブルテレビの制作部では、週に何度も会議が開かれる。現在は『みみなか百景』という、地元のちいさなニュースを毎日放送する番組のための企画を練っている。ほんとうはぼんやり三日月を眺めている場合ではないのだが、どうにもやる気が湧いてこない。

毎日事件が起こるわけじゃない。朝市の様子とか、耳中ふれあいパークというミニ動物園でヤギの赤ちゃんが生まれたとか、九十八歳でフラダンスをやっている女性を紹介するとか、そんな他愛ない番組を、俺たちはつくっている。

さっき提案した「耳中東公園の池に棲んでいるという、背中にハート型の模様がある鯉」という企画が採用されたことがよほどうれしかったのか、笹岡さんの肩が上下に弾んでいる。笹岡さんはふたつ年上だけど、そういうかわいいところがある。本人にはけっして伝えないけれども。職場の仲間に「かわいい」だとかそんなことを言うのは、なんとなく失礼な気がするから。

「他になにかないのか？」

牧田《まきた》部長が書類から顔を上げる。ありません、と俺が答えると、不満そうに鼻を鳴らした。先月提案した「十数年ぶりに復活する神事こと肘差《ひじさし》天衝舞《てんつくまい》浮立《ふりゅう》の取材」については、正式に却下されてしまっている。地味すぎるし以前の放送とかぶっている、というような理由だった。

以前放送したのは千万町《ちまちょう》の浮立だった。こちらは途切れることなく続く伝統的な神事で、規模も肘差のそれよりずっと大きい。違うんです、浮立っていうのはその地域によって踊りも音楽もまったく違うものなんです、と説明しても、やっぱり結果は同じだった。

お前、なにか熱くなれるものを持ってるか？　このあいだ牧田部長に唐突にそう訊かれて、飲んでいたコーヒーを吹きそうになった。現在五十代前半のこの人の目には、俺はたいそうつまらない男に見えるらしい。酒も飲まない、車にも野球にもサッカーにも旅行にも興味がない、いったいなにが楽しくて生きてるのかまったくわからんね、そのくせ女にはもてるんだから参るよなあ、やっぱり顔かねえ、と背中をどやされた。

顔がいいとか悪いとか、そんな理由だけで異性を選ぶのは子どもだけだ。単に牧田部長みたいにギラギラガツガツした男が嫌いな女の人が多いだけじゃないですか、などとはもちろん言わなかった。会社員たるもの、よけいなことを口にすべきではない。

会議が終わると、牧田部長は真っ先に会議室を出ていく。時計を見ると十一時四十分で、はやめの昼食に向かったようだった。牧田部長には二度の離婚歴がある。それでもいまだに「結婚は良いものだし、できるならもう一度したい」と語っている。もともとは関西の出身で、おなじく関西の制作会社勤務を経て、なんらかの理由で耳中ケーブルテレビに入った。初出勤の挨拶で「九州ははじめてですが、こちらの女性は美人が多いと聞いて楽しみにしていました」と発言して女性スタッフ全員に嫌われた、そういう人だ。

「まあ、吉塚くんと牧田部長じゃ水と油だもんね」

そんなふうに笑う笹岡さんもこのあたりで生まれ育った人ではない。広島の出身で、もとは東京に住んでいた。旦那さんが耳中市の出身だったので、こっちに移住したそうだ。「旦那がうつ病で会社やめることになって、地元に帰りたいっていうから。いやー、人生ってなにがあるかわかんないね」とのことだった。「耳中」の名を冠した会社なのに意外と耳中市出身の人間がすくない。このあたりの企業としては、けっこうめずらしいことかもしれない。

このあいだ同級生数名と飲んだ時に、そのうちのひとりがこぼしていた愚痴を思い出す。なんでも出身の高校によって社内に派閥があるらしい。大学ではなくあくまで高校による派閥なのだ。このあたりはいまだに高校卒業後に進学をせずに就職する人間も多くいるし、当然といえば当然のことなのかもしれない。

「吉塚くん、お昼一緒にどう？」

笹岡さんが親指で外を指すような仕草をする。

「いいですね。行きましょう」

会社は海のそばにあって、歩いていけるような店は周辺にはない。玄関を出て、駐車場を目指して歩く。

外に出れば思わぬ地元の情報が拾えることもある。笹岡さんは海沿いの道に先週オープンしたばかりというカフェに行ってみたいらしい。とくに反対する理由もなく、はい、と頷いた。

「海水浴場に行く途中の、あの店ですよね」

エンジンをかけながら、後部座席に乗りこむ笹岡さんに確認した。

「そうそう、なんか山小屋ふうの、ちょっともっさりした感じの」

「昔はたしか、ドライブインなんとかっていう店でした。居抜きでオープンしたのかな。たしかにもっさりしてますね」

「さすが地元の人だけあって、くわしいね」

なんとも応えようがなく、黙ったまま車を発進させた。出身地である肘差は今は耳中中市に合併されているけど以前は違った。肘差で生まれたくせに耳中市出身ですみたいなツラしてんじゃねえよという理不尽な罵りを旧耳中市出身の男から受けたことがあり、だから「地元でしょ」と言われるたびにどう説明して良いのかわからなくなる。肘差は今は耳
牧田部長や笹岡さんたちにとっては旧耳中市とかそれ以外とか、ものすごくどうでもいい些末な事柄なのだろうと思うのだけれども。笹岡さんが「もっさり」と表現したカフェは外装がドライブインだった頃のままだったが、室内はきれいに改装されていた。

白く塗られた壁やテーブル、青いリネン類にも清潔感がある。

「本日のランチプレート」を注文するなり、笹岡さんが身を乗り出した。

「明日有休とってたよね、吉塚くん。デート？」

笹岡さんは普段はあまり他人には干渉しない。ふしぎに思いつつも首を振る。

「いえ、違います。同級生に会うだけです」

それだけです、と口の中で繰り返す。実際にふたりとは同級生だったのだから、べつに嘘ではない。ミナと、それから。

「そうなの？」

「ええ。地元で肘差浮立っていうのがあって、それを見るんですよ。まあべつにおもしろいもんじゃないんですけどね。昔は日曜にやってたんですけど、今年は土曜日なんですよね。だから有休取っただけです、どうせ余ってたし。同級生のひとりは中学卒業して東京に引っ越して、もうひとりは高校卒業後はぜんぜんこっちには戻ってきてなかったらしくて。すごくひさしぶりに会う、まあ、あの、まあ、ちょっとした同窓会ですね、ミニ同窓会みたいなものだと思ってください」

自分が必要以上に饒舌になっていることに気づいたが、止められなかった。笹岡さんは俺をじっと見てから、やがて背中を椅子の背もたれに預けて「そうなのぉ？」と意味ありげに語尾を上げる。

「同級生って、もしかして女子なんじゃない？」

「今日はやけにいろいろ質問するんですね」

まあそうですけど、と答えながら咳払いをひとつする。これ以上思い出さないように、唇を噛む。星のヘアピン。ありがとう藤生、と言う弾んだ声。山から上がる灰色の煙。思い出すな、今は。

笹岡さんの口がゆっくりと開く。どこかゆるんだような、気の抜けた笑顔に変わっていくのを見届けた。

「いや、それならいいの。吉塚くん最近、様子がへんだったから」

「そんなにへんでした？　自覚ないんですけど」

「うん。そわそわしたり、かと思えば急にこわい顔したり、完全にへんだった。そっか、挙動不審になるほどその同級生の子と会うことが楽しみだったのね」

そっか、そっか、と笑っている笹岡さんはおおいに勘違いをしている。いや、と訂正しかけたが「亜弥《あや》ちゃんのことがショックだったのかと心配してたんだけど、それならよかった」と続いたので、発しかけた言葉を飲みこんだ。「楽しみだった」なんて完全に勘違いだけど、もと恋人のせいで落ちこんでいると誤解されるぐらいなら、いっそ勘違いしてくれていたほうが都合が良い。ほんとうの気持ちを説明できる自信もなかったし。

亜弥と別れた、というか「わたし結婚するけんね、藤生以外と」と一方的に通達されたのは、ちょうど半年ほど前のことだった。亜弥とは、笹岡さんとその夫主催のバーベキューで知り合った。笹岡さんが通っている着物の着付け教室で知り合ったという女の子たちが五人ほど来ていて、亜弥もそのうちのひとりだった。ちょうどパワーストーンの人と別れたばかりの頃だった。亜弥は野菜を切ったり焼いたりする作業は他の人にまかせっきりで「お肉、焼けてますよー」と周囲に声をかけるような注目を浴びる行為は積極的に引き受けていた。だから、要領が良い子だな、とまず思った。

つきあいはじめてからも、その印象は変わらなかった。別れ際もまたすこぶる鮮やかなものだった。結婚する気があるのかとずばり訊かれ、俺が返事に困っているとあっさり「あ、そう。わかった」と話を切り上げた。それ以降一切結婚について言及しなくなったと思ったら、こっそり婚活をはじめていたらしい。俺との交際も続けつつ、めでたく良い相手が見つかったので俺は用なしになったというわけだ。

「じつはあのバーベキューってさ、吉塚くんにあの子を引き合わせるためだけに企画されたイベントだったんだよ」

「え、そうだったんですか」

「着付け教室で話してる時に、ケーブルテレビの忘年会の画像を見せたことがあったんだ。そしたら亜弥ちゃんが『このかっこいい人紹介して』ってもうすっごいしつこくて。

でも吉塚くんに一目ぼれしたんだろうなと思ったし、だからふたりがつきあいはじめた時は良かったなと思ってたんだよ。なのにいきなり他の人と結婚しちゃうんだもん。あの子、ひどいよね」

笹岡さんがすまなそうに告白するので、いちおう「そうだったんですか、知りませんでした」とびっくりしてみせたが、どうせそんなところだろうと最初から見当がついていた。

亜弥のことは、べつにひどいとも思わない。結婚願望がとても強かった。自分の欲しいもの、将来のビジョンというものがすこぶるはっきりしていた。

そのビジョンを実現せんと策を練り、実行する粘り強さと交渉力、行動力もふんだんにもちあわせている。目的が達せられないとわかればべつの相手をさがす潔さもある。きっと末永く、たくましく生きていける。

「先週、結婚式だったんだ。……ほら、見てよこれ。この得意げな顔」と笹岡さんが向けたスマートフォンの画面の中で、ウェディングドレスを着た亜弥が頬を上気させていた。

「よかったですよ」

パワーストーン片手に泣かれるよりは、こっちもずっと気が楽だ。

「幸せになってほしいな」

末永く、たくましく、お幸せに。

笹岡さんは低く唸ったのち、運ばれてきたランチプレートの上のトマトにフォークを突き刺した。

「吉塚くんに苛立つ牧田部長の気持ち、ちょっとわかる」

「わかってほしくなかったです」

「だって普通、ここは『バカにするな』って怒るところでしょ」

怒るところかどうかは僕が決めます、という言葉を飲みこんで、カップに注がれたスープを口に運んだ。思っていたより塩からくて、ふたくちめを飲む自信がなくなる。

もてるよね、いいよね、と昔からよく言われてきた。「もてる」ことの、なにがそんなにうらやましいのか、俺にはよくわからない。もてても好きな人に好かれるとはかぎらない。女に好かれる秘訣とかあるの、とも訊かれるが、そんなものはない。相手がちょっとでも嫌がることはしないとか、乱暴にあつかったりもしないとか、約束したことは守るとか、相手の体調を気遣うとか、ごくあたりまえの接しかたしかしていない。もちろん性別に関係なくだ。それなのに「藤生くんってやさしいよね」と言われてしまうのは、ごくあたりまえのことができないやつが多いということなのだろうか。

けれども最終的には、どの女も「藤生はやさしいようでいてじつはつめたい」とか「いつまでたっても気を許してくれない」というようなことを言って、俺のもとを去っていく。

「本気で人を好きになったことある？」と泣いていた人もいたが、それが誰なのかはもう忘れてしまった。パワーストーンの人だったかその前だったかもあやふやだ。その人は「藤生のやさしさってただの親切とかマナーって感じで、恋愛感情とは違うみたいね」とも言っていた気がするが、これはまた違う女の人の言葉だったかもしれない。とにかく、同じような出会いと別れを十代から今までずっと繰り返している。

「もしかして、明日会う同級生のこと、昔好きだったとか？」

笹岡さんはパンをちいさくちぎっては口に放りこみながら、ずっとにやにやしている。亜弥のことでなにか責任を感じていたらしい彼女の気が楽になるならと「じつは」と照れたふりをして肩をすくめてみせた。

「やっぱりそうなんだ！　つきあってたの？」

「いや、片思いでしたね」

「へえー」

「相手は、俺のことなんか眼中にない感じで」

「かわいい。そんな初々しい時期があったんだねー」

言葉を重ねれば重ねるほど、事実とは遠ざかる。かわいくも初々しくもない。片思いなんていう美しい言葉には、もっともふさわしくない感情だった。

「本気で人を好きになる」ということが、あの頃の自分のようになるということだとしたら、冷静さを失って自分と他人との境界線を踏み越えてしまうことだとしたら、俺はもう二度と人を好きにならないほうがいい。

『かなりや』に午前十時集合、という約束だ。

もう何年もひとり暮らしをしていて、実家に顔を出すのは数ヶ月に一度ぐらいだ。最近はもっぱら夜だけ店を開けているらしい。もう俺も家を出たし、自分ひとりの食い扶持さえ稼げればそれでじゅうぶんなのだと母は言う。

「何年ぶり？　あんた、天ちゃんたちに会うとは」

「中学の卒業以来かな。あのふたり、同窓会とかも来とらんし」

「ふたりとも独身？」

「知らん」

知らんってあんた、と呆れながら、母がゴミ袋を摑む。ゴミ出してくるけんね、と言わずもがなのことを言い捨てて、せかせかと外に出ていった。ミナはSNSのプロフィールに「夫とふたり暮らしです」というようなことを書いていた気がするが、天はわからない。ミナいわく、たまにウェブサイトの記事みたいなものを書いたりしているらしい。どのサイトのどんな記事なのか、誰かに訊けばすぐわかったのだろうが、そうしなかった。避けてきたと言ってもいい。

必要以上に天の「その後」を知ることのないように、気をつけて生きてきた。おととい偶然、空港で五十嵐さんに会った。こっちはすぐにわかったけど、向こうはしばらく思い出せなかったようだった。あの人にとってはとうに終わったことだったのか、ライターのことを謝ったらあっさり「いいよ」と言ってくれたけど、だからもういいとかそういう問題ではないとわかっている。ライターを盗んだことも、放火犯（および誘拐犯）に仕立てようとしたことも。ひどいことをした。五十嵐さんにも、天にも。

「もしわたしが家出しようとしたら、藤生はどうする？　うちの親とか、先生に言う？」と天は訊ねた。言わない、天の味方だ、と言い切ったくせに、たやすくその約束を破った。しかもそれを正しいことだと思いこんでいた。

耳中駅から天を連れ戻した。車の中で「お父さんにいつも叩かれるってほんと？」と天に訊ねもした。家出を阻止されてぼうぜんとしていた天はあの時、弾かれたように俺を見た。落胆と、羞恥と、俺への軽蔑をちょうど同じ分量で混ぜ合わせたみたいなふしぎな表情を浮かべていた。

「藤生には、知られたくなかったな」

時が経つにつれ、その天の言葉は俺を苛《さいな》んだ。天は俺を遠ざけるようになり、その距離を縮める方法がわからないまま、中学卒業の日を迎えた。

『かなりや』の傷だらけのテーブルに頬杖をついて、ふたりを待つ。テーブルには細かな傷だけでなく煙草の跡がついている。これは小湊の爺さんの仕業かもな、とぼんやり思った。背後でドアベルが鳴って、椅子の上で無意識のうちに身体が跳ねた。ミナから連絡が来た時には、良い機会だと思った。三人で書いたという手紙のことはよく覚えていなかったが、天と会って「あの時はごめん」と言うことができる。今さら謝ったってどうにもならないことはわかっている。ただの自己満足だけど、どうしてもそうしたかった。

だけど急に気が重くなってくる。完全にどうかしていたあの頃の自分を、天と再会することでふたたび直視するなんて。呼吸を整えてから、ゆっくりと振り返る。でもそこに立っていたのは天ではなかった。

「ひさしぶり、藤生」

ひさしぶり、という感覚は、正直あまりない。SNSに投稿された画像などで現在のミナの姿を見ていたせいかもしれない。

「うん。あ、座って」

テーブルを指し示すと、ミナは頷いて俺の斜め前に腰をおろした。厨房に入って、コーヒーメーカーのスイッチを入れる。母の日のプレゼントにちょうだいちょうだい頼むからちょうだいとねだられて買ってやったものだ。

壁の時計を見ると、約束の時間の五分以上も前だった。天はまだ来そうにない。

「変わってないね、藤生」

「いやいや、だいぶ変わっとるって」

中学生が三十歳になったのだ。変わっていないほうがむしろおかしい。

きれいになった。特別な感情をのせることなく、ただその情報だけをミナの外見から受けとる。昔はふっくらとしていた頰が細くなっていた。かつてミリ単位で気にしていた髪は、今ではゆるくパーマがかかっていて、肩の上で優雅なカーブを描いている。なんかいい匂いがする、とミナが微笑む。反射的にコンロの上の鍋に目をやった。ミナと天が来ると聞いた母がはりきってしまい、ビーフシチューをつくった。サラダもあるよ、と言っていたのを思い出して冷蔵庫を開けてみる。野菜の上にブラックオリーブやクルミが散らされていて「なんかおしゃれな感じにしたい」という母の野望がひしひしと伝わってくるのだが、サラダボウルは昔春のパンまつりで手に入れたものだった。

コーヒーをテーブルに置く時に椅子に置かれたミナのトートバッグのなかみが見えた。平べったい、外国製のチョコレートの缶だ。それを目にした時、一気に当時の記憶がよみがえった。ミナの部屋に呼ばれて、手紙を書こうと提案されたこと。ピンクに白い水玉模様の部屋のカーテン。俺と目を合わせようとしなかった天。書き上げて封をした手紙を、ミナがいそいそとチョコレートの缶に入れたこと。自分が手紙に書いた内容も。

「その缶に入れたまま保管しとった？」

「うん」

ミナはちいさく頷いて、コーヒーをひとくち飲む。

「……もう、読んだ？」

おそるおそる問うと、ミナは驚いたように目を見開く。

「読んでないよ。読むわけない。だって、みんなで『せーの』で開けようって、今日会うことになったんでしょ？」

「あ、うん。そう……そうやったね。ごめんごめん」

「まあ、それは口実みたいなものだけどね」

ミナは口もとを押さえて、微笑んだ。かつて見たミナのお母さんの笑いかたにそっくりだった。

「ほんとは、復活した浮立を三人で見たかったんだ。天にも、藤生にもひさしぶりに会いたかった。なんの理由もない。ただ会いたかっただけ。でもふたりはきっと、なにか理由がないとわたしに会おうとは思わないでしょ？」

いや、そんなことは、と口ごもってしまう。

ミナはおそらく、なにも知らない。なにから、どんなふうに話せばいいのかわからない。話すべきことと、話すべきではないことの整理が、いまだについていない。

わたしね、とミナがなにか言いかけた時、外から声が聞こえた。うあああ、というような、野太い声。

「ねえ、藤生」

「……今の、天じゃない？」

「いや違うと思うけど」

そんなことはない、あれは天の声だ、とミナはむきになったように身を乗り出す。

「わたし、ちょっと見てくる」

ミナが店から出ていく。後を追おうとして立ち上がった瞬間、椅子に残されたトートバッグがふたたび目に入った。

あーびっくりした。そう呟いて、天が長椅子の上で膝を抱えた。他に誰もいないとはいえ、病院の待合室で体育座りをする大人を目にする機会は少ない。天が履いていた茶色いスリッパがぺたんという音を立てて床に落ちる。甲の部分に金色で書かれた「吉塚医院」の文字は、もう掠れてしまってほとんど読めない。

さっき聞こえた声は、やはり天のものだった。時間ぴったりにやってきた天は、店の前でゴミ出しを終えた俺の母と鉢合わせた。母は、天いわく「爆烈にテンションが上がった様子」で、「天ちゃん！　ひさしぶり」と叫びながら天に抱きつこうとして、いきなりすっ転んだという。自分の体力や筋力の衰えに気づいていないから、こんなことになるのだ。

ともあれ地面に半身を打ちつけた母を見て天は驚きのあまり「うあああ」と叫び、声を聞きつけた俺たち（まずミナ、すこし遅れて俺）が駆けつけた。

母は天の手を握りしめ「折れとる、ぜったい足折れとるって、ほんとって」と喚いていた。吉塚医院に連れていこうとするあいだも、母はずっと天の手を離さなかった。しかたなくふたりで両側から母を支えて、やっとこさ病院に運んできたのだ。

ミナもついて来たのだが、スマートフォンを見るなり「夫、あの、もと夫、いやまだ夫……とにかく電話があったから、ちょっとかけ直してくる」と言って、外に出ていってしまった。くわしい事情はまったくわからないが、順調な結婚生活を送っていないらしいということだけはわかった。

吉塚医院の院長先生は俺が子どもの頃からすでにおじいさんだった。看板の名前を見る限り代替わりはしていないようだが、だとしたら九十歳近いのではないだろうか。土曜日の診察は午前中のみだというが、患者は他にいない。

肘差にはこの吉塚医院の他にもうひとつ村立病院があった。山沿いに建っていて薄暗く、設備も古くておまけに腕が悪いと評判で、だから誰も行きたがらなかった。おかげで吉塚医院はいつも混んでいたのだが、村立病院が市町村合併後に「市民病院ひじさし」へと生まれ変わり、建て替えられてからはあちらに吉塚医院の患者がずいぶん流れたと聞く。

おじいさん先生の診察によって「ぜったい足折れとる」と主張した母のケガは、ただの捻挫であることが判明した。診察を終えた母はばつが悪いのか、「へへ、へへ」とみような笑いを披露したのち、トイレに消えていった。そして、十分以上経過した現在もいまだにトイレから帰らない。ミナもまだ電話が終わらないらしく戻ってこないので、さっきからずっと俺と天は長椅子に座って時間をつぶしている。

「ここって藤生の親戚の病院？　名字が一緒だね」

前にも訊いてたらごめんね、と続けて、天が顔をこちらに傾ける。「違うよ」と言ってから、そうかも、と言い直した。

「どっち？」

盆や正月の集まりで顔を合わせるような関係でなくとも、さかのぼってみると親戚だった、という場合はある。とくに肘差のような地域では。

「そこまでさかのぼる必要ないし、それもう他人でいいでしょ」

「そうかな」

「六親等内の血族じゃなかったらもう他人みたいなもんだよ」

ロクシントウナイノケツゾク。呪文みたいな言葉をすらすらと口にして、天は膝を抱え直した。

これまでに、天と再会を果たす場面を何度か想像してみたことがあった。学生時代にも、社会に出てからも、幾度となく。天は俺の顔を見てぎこちなく笑うか、よそよそしく振るまって立ち去るかのどちらかだろうなと考えると胸が痛くなって、いつもその先は想像できなかった。

「でもよかったね。藤生のお母さん。骨折れてなくて」

「まあね」

古びた個人病院の待合室に一台きりの自動販売機が低く唸り続けている。自動販売機の商品は缶コーヒーやペットボトルの水やお茶ではなく、紙パックのジュースと瓶の栄養ドリンクのみだった。

天が立ち上がって、自動販売機の前まで歩いていく。なんか飲む？　と振り返って訊ねる様子はあまりにも自然で、拍子抜けを通り越して軽く不安になるほどだった。十数年の空白を感じさせない。感じさせな過ぎる。あの日俺は天を耳中駅からむりやり連れ戻してなどおらず、その後、関係が気まずくなったりもしてなくて、卒業まで普通に仲良くやっていたんじゃないかとすら思えてくる。

俺は事故で頭を打ったかなにかで、記憶が混乱しているんじゃないか、などとも。むしろそうだったらいいと切望している。そんなわけがないのに。

毎日一緒にいるかのような屈託のなさで、天が「はい」とジュースを投げてよこす。りんご果汁百パーセントのやつで、天の手にはみかんジュースが握られていた。

「藤生、みかんのジュースあんまり好きじゃなかったよね」

天が自分の好みを把握しているということに、大げさではなく言葉を失うほど驚いた。

「だって浮立の練習の時の差し入れのジュース、あんまり飲んでなかったもんね」

そんなふうに気にしていてくれたなんて、しかもそれを覚えていてくれたなんて、とますます驚きが深まる。あの頃の自分に教えてやりたいと思う。教えてどうなるんだとも思う。

年配の看護師がドアに「本日の診察は終了しました」の札をかけて、また戻ってきた。すみません、と頭を下げるとトイレのほうにちらっと視線を送る。

「よかとよ、ゆっくりで」

それから俺と天を交互に見て「大きくなったねえ」とにっこりした。

この人を知っている。子どもの頃、診察を終えた俺の口に「内緒よ」と飴を放りこんでくれたことがあった。あの頃から今日まで、ずっとここに勤めているのだろうか。

小声でそれを天に話すと、天は「え、わたしもちっちゃい頃に来たことあるけど、飴もらったことない」と気色ばんだ。

「なんで？　なんで藤生だけ？　おかしくない？」

「知らんよ。かわいさの差やないと？」

すぐに「ひどいことを言ってしまった」と後悔したが、天は「なるほどね」と深く頷いただけだった。

「なるほどって。あっさり納得するなよ」

「だって『かわいさ』は藤生が生まれ持った財産でしょ」

紙パックがへこむほどの勢いで、天はストローを吸った。オレンジ色の液体がのぼっていくのを横目で見つめながら、自分もりんごジュースを飲んだ。つめたくて、なつかしい甘さが口の中に広がる。

「天は相変わらずやね」

さっきミナから自分がそう言われた時には、十数年経過して変わっていない人間なんかいないと思ったけど、天はやっぱり天だった。

天は空になった紙パックをゴミ箱に捨ててから、相変わらずかなあ、と目を伏せた。睫毛にはマスカラすら塗られていないが、じゅうぶんすぎるほど長い。

「でも他人とか自分にたいして、生まれ持ったもんだからしかたない、と思えるようになったの、わりと最近だよ」

「大人になってから、ってこと？」

「大人にっていうか、おとといぐらいから」

「めちゃくちゃ最近やん」

そうめちゃくちゃ最近、と頷いた天の睫毛が持ち上がって、ぱっちりと目が合った。

おとといぐらい。おとといぐらいの天にいったいなにがあったというのか。

「ていうか……元気やった？」

ようやく、そう訊ねることができた。

「元気よ。健康診断もほとんど平均値だったし。血圧だけちょっと低かったけど。藤生は？」

「血圧？　血圧は普通、たぶん」

「いや、血圧じゃなくて」

天が笑い出して、はっと気づく。再会してから、今はじめて天の笑顔を見た。

「あ、うん。元気。元気」

昔はなにを話していても、天との会話で「藤生は？」と訊き返されることなんてほとんどなかった。会話のキャッチボールができる程度には大人になったらしい。

「仕事、どう？」

「楽しいよ」

「ふーん。よかったね」

「うん」

あたりさわりのない会話の続きのように、天が真顔で口にする。「ポケットに隠してるその手紙、どうするの」と。

「あのさ」

なんのこと？　と問い返した声は、自分でも嫌になるほどなめらかで自然だった。いつのまにか、嘘やごまかしの言葉を平気な顔で口にすることができる大人になった。天がまたなにか言いかけた時、病院で借りたらしい杖をつきながら母が姿を現した。どんだけ待たせるとやと毒づきながら、靴を履くのを手伝う。

俺に顔を寄せた母は「あんた、天ちゃんとふたりでちょっとは話できたとね？」とにやにやしていた。まさか、それが目的でトイレにこもっていたのだろうか。外に出たところで、ミナが立っていた。電話を終えて戻ってきたら「診察は終了しました」の札がかかっていて、中に入っていいかどうかわからなかったのだという。おんぶしようか、と申し出たら母はなぜか「よか、そがんこと」と照れたように杖をついて歩き出す。「だいたい、年寄りが息子におんぶされたら『楢山節考《ならやまぶしこう》』のごてなるやろうが。若い子は知らんかもしれんばってん」

ミナがあわてた様子で「ぜんぜん年寄りじゃないですよ」とフォローするのと、天がうれしそうに「わたし『楢山節考』読んだことある！」と胸をはったのはほぼ同時だった。大人のとるべき対応としては、ミナのほうが圧倒的に正しかった。

ミナの前で手紙の話を蒸し返されるんじゃないかと気が気ではなかったが、天はそれ以上はなにも言わずにミナの隣に並ぶ。『かなりや』に戻ったら、もう十二時近かった。浮立の奉納は十三時からはじまる。さっさと食べてしまわないと、間に合わない。母は「年寄りはあんまりお腹が空かん、あんたらだけで食べんしゃい」などと言って奥に引っこんでしまった。三人になると、みょうにしんとしてしまう。

「おいしそう」

ビーフシチューの皿を前に、天が頬をゆるめる。

「藤生の家に遊びに来ると、いつもごはん出してくれたよね。ピラフとか、ナポリタンとかさ」

「でもぜんぶ冷凍食品やけんね、あれ」

それは知ってるけど、と応えた天の視線が一瞬、空中をさまよった。なにか楽しいことを思い出したように、唇の端が持ち上がる。

「知ってるけど、でも、ほんとにおいしかったから」

藤生のお母さんがつくってくれるごはんはぜんぶおいしかった、という言葉を、つむじのあたりで受けとめる。なぜか鼻の奥が痛んで、しばらく顔が上げられなかった。

無心な様子で食事をする天を見ている俺を、ミナがじっと見ている。でも、そのミナの顔が昔のように青ざめることは、もうない。食事のあいだ、誰も手紙のことを言い出さなかった。ミナは「浮立を見終えてから、ゆっくり」とでも思っているのかもしれないし、天の考えは読めない。

外に出てすぐ、天が「食べ過ぎたかも」と腹を押さえた。

「天、おかわりしてたもんね」

「食べられる時に食べておく癖がついてしまってね」

しかたなさそうに笑うミナの隣を歩く天の身体はあまりにも薄くて、頼りない。パン工場に勤めながら副業でたまにウェブサイトの記事を書いている、と病院からの帰り道で話していた。実家にもずっと帰っていないことは村の噂で知っていた。きっと余裕のない、さびしい生活をしてるんだろう。まだ小説を書いているんだろうか。文章を書く仕事をするのは、それに関係しているのか。今も安藤針の曲を聞いているんだろうか。かわいそうだな、と思ってからぎょっとして、でもやっぱりかわいそうだよな、とひとりで納得する。三十歳の女がこんなふうに貧しくてひとりぼっちで、それが「かわいそう」じゃなくて、いったいなんだというんだろう。でも天の普段着みたいなフードつきの服や履き古したようなスニーカーを見ているうちに「かわいそう」はなりをひそめ、情けなさがこみあげてくる。昨日の晩に長い時間をかけて悩み、今朝になってもまだ迷いに迷って「よし、これなら清潔感もありつつこなれた感じも出せるはずだ」とシャツや靴を選んだ自分がバカみたいじゃないか。生活に余裕がないとか以前に「自分をよりよく見せたい」という意図がまったく感じられなくて、俺はやっぱりその程度の存在なのかと、それが情けないのだ。

ミナが着ているワンピースやトートバッグはカジュアルだけれどもけっして安物ではないし、なにより着ている自分が他人の目にどううつるかをよく計算して選んでいることが伝わってくる。天よりミナのほうがずっといい、と言ったかつての同級生たちは正しかった。正しかったけど、世の中には俺のように正しいほうを選べない人間もいる。

肘差神社へと続く石段の前に立つ。てっぺんを見上げるのに、ずいぶん頭を持ち上げねばならなかった。

麓には白い着物を身につけた男数名と、子どもたちが集まって待機していた。あの中に遠藤さんもいるはずだが、見つけられない。

「あれ、藤生？」

背後から声がして、振り向いたら見覚えのある女がいた。二歳ぐらいの、盛大に洟《はな》をたらした男の子を抱いている。清水優香だ。今は違う名字になっているはずだが思い出せないので「清水さん」と呼んでみる。その声にすこし前を歩いていたミナと天が振り返り、清水優香が頓狂な叫び声を上げた。

「えー？　もしかして、ミナちゃん？」

いやーキャーひさしぶりー、えーびっくりしたー、と甲高い声を上げた清水優香は子を抱いたままミナに駆け寄る。天には目もくれない。

清水優香にはじきとばされて、天が数歩よろけた。だいじょうぶ？　と小声で訊ねると、天は「勢いがすごいな」とぼやいた。

清水優香がちらっとこちらを見た気がしたが、その視線は俺たちではなく、背後からやってきた背の高い男に向けたものだった。

「ちょっとあんた、みーくんお願い」

清水優香の夫らしき男が「みーくん」と呼ばれた子どもを抱きとめる。

ミナがこっちに帰ってきていると聞いてはいたが浮立を見にくるとは思わなかった、でも会えてうれしい、てかあとで写真撮ろ、というようなことを一方的に喋る清水優香に肩を抱かれて、ミナは石段をのぼっていく。

その姿を見送ってから、隣でぼんやりしている天に今一度、声をかけた。

「だいじょうぶ？」

「うん」

それより、手紙のこと話そうよ。天の顔が、まっすぐにこちらを向く。

ジャケットの布地ごしに、ポケットの中の手紙に触れた。『かなりや』で天の声を聞きつけて外の様子を見に行ったミナの後を追う前に、あの缶から自分がミナに宛てて書いたものを抜き取ったのだ。

母を支えて歩いている時に封筒が見えたのだと、天は説明してくれる。なにか理由があってのことだろうからと、ミナの前では言わずにいてくれたらしい。

「手紙、こっそり盗んだんだ」

「うん」

こんなにまっすぐ見つめられたらもうごまかせない。

「読まれたくないようなことが書いてあるってことだね」

天がもうずいぶん高いところまでのぼっているミナの背中を指さす。

「ミナに。そうでしょ？」

ミナは知ってたのかな、という言葉から、手紙ははじまっている。

ミナは知ってたのかな。知らなかったんだと思います。俺が五十嵐さんのライターをポケットに入れた時、いつもみたいに笑っていたから。

あの火事の原因は、ほんとうは五十嵐さんのせいじゃない。俺はあの時、肘差神社の社《やしろ》で、ミナのお祖父さんが煙草を捨てるのを見ました。火事の原因はあれだと思う。調べたらわかるはずなのに、そんな話がぜんぜん出てこないのは、ミナのお祖父さんがこの村の権力者っていうか、いろんなものに守られてるからですか。そうですよね。

俺はたぶんミナが思っているような人間じゃないです。ずるくて汚い性格です。なんとなくだけど、ミナの目にうつっている俺は実物よりずっときれいなもののような気がして、それがずっといやだった。

でもミナはすごく良い子だと思ってます。東京に行っても元気でね。


最初は、あたりさわりのないことを書くつもりだった。でもあの時、ミナが便箋に綴っている文字がちらっと目に入ったのだ。好き、というような言葉が書かれていて、俺に宛てた手紙なんだと思ったら、急にたまらなくなった。好かれるべき人間じゃない。ミナの思いを全否定したかった。だけどこんな手紙、やっぱりミナに読ませるべきじゃない。だから、抜き取った。

天に封筒を差し出す。のりづけはされていなかった。封をするためにミナから渡されたシールはやけに粘着力が弱くて、だから破ったり切ったりしなくても、容易に開く。

長い手紙じゃない。でも、天がそれを読み終えるまでの時間は異様に長く感じられた。

なるほどね、と呟いて、天は便箋を封筒に戻す。

「読ませたくない理由、わかったやろ？　火事の原因とか、今さらミナに知らせる必要ないし」

うんうん、と天が頷いて、自分のポケットの奥深くに、手紙をねじこんだ。

「え、いや、返して」

「なんで？」

「読んだらミナが傷つく」

どうしてそう思うの、と天が俺の目をじっと見る。傷つけるつもりで書いた手紙だから、と言ったら、自分の幼稚さに頬が熱くなった。あの時、ペンを走らせながら気づいた。「すごく良い子」であるミナにたいして、自分が抱いている感情に。いい気なものだ、と思っていたのだ。俺はずっと、ミナにたいして。ミナのお祖父さんにたいする反発とごっちゃになっていたのかもしれない。育ちが悪いと言われ、蔑むような視線を向けられたことが、ずっと忘れられなかった。

「天、返して」

「返さないよ。藤生はずるいんだよ。自分の手紙だけ抜き取るなんて」

「なに？　どういうこと？」

天は答えない。腕組みをして、虚空を睨んでいる。

「……もしかして天も手紙、読ませたくない？」

「そりゃそうよ。できればね」

天が唇をへの字に結んで、大きく頷く。

「なんて書いたと？　読まれたくないのはミナへの手紙やろ？」

「いや、どっちもだよ」

天が読ませたくない、俺への手紙。それは俄然興味が高まる。

「俺のはべつにいいやん。それは読ませてよ」

「なにそれ。勝手なこと言って」

「なにをどう書いてあっても、昔のことやん、それは。いいってもう」

「じゃあ藤生も、これをミナに読ませるんだよ、いいね？」

天が俺の手紙を高々と掲げる。やめろ、と手を伸ばしたら、天は手紙をしっかりと胸に抱きしめて取られまいとする。

「返せ！」

もみあっているうちに、抱きつくようなかっこうになってしまった。「な、なんばしよるとか！」と呆れたような声が背後から聞こえる。ぎょっとして振り返ると遠藤さんが立っていた。

「公衆の面前で……藤生！　お前！」

遠藤さんの顔が真っ赤になっている。違いますよ、と弁解する声が裏返る。

「あ、遠藤さん、おひさしぶりです」

天は平気な顔で髪を直している。手紙はポケットにでも隠したのだろうか。さぐるように天の全身に視線を走らせていると、遠藤さんがまた「藤生、やめんか……！」と咎めてくる。そういう意味で見てるわけではないです、と弁解する声がまたひっくりかえった。十数年かけて築きあげた「いつもの自分」の姿がどんどん崩れていく。

「天ちゃん、ひさしぶり。なつかしかやろ、しっかり見ていってね」

「そこまでなつかしさは感じていないんですけど、遠藤さんがそう言うならしっかり見ます」

「相変わらずやね、天ちゃんは」

遠藤さんが笑うと、天は「え」と口ごもる。表情がわずかに翳ったが、それに気づいたのは俺だけだったようだ。遠藤さんは笑顔のまま、俺に視線をうつす。

「藤生も天ちゃんも、中学生の頃からまったく変わっとらんよ」

遠藤さんが白い着物の一団のもとに戻っていく。天は額に手を当てて、じっと考えこんでいた。

「天、どうした？」

「聞いた？　相変わらず、って。中学生の頃と同じって」

「悪い意味で言ったわけじゃないと思うけど」

遠藤さんは皮肉を言うような人じゃないのに、天は「だからこそ、まずいと思う。他人から見て中学生の頃のままなのは、かなりまずい」とわけのわからないことを言い出したと思ったら、いきなり石段を二段とばしで駆け上がりはじめた。

「ちょっと、待てって。天」

いそいでその後を追う。

「この手紙をみんなで読もう。読まなきゃいけない」

「は？」

なんとか追いついて「ちゃんと説明して」と肩を摑んだ。天がようやく足を止める。

「藤生はさっき、ミナが傷つくって言った。でも違うんじゃないかな。藤生が手紙を盗んだのは、ミナのためじゃない。自分のためだと思う。勝手にミナの反応を予想して、気遣ってる態で蚊帳《かや》の外に置こうとしてる。それってすごくひどい。ずるいし、悪い」

ずるいし、悪い。真正面からぶつけられることのない言葉だった。

「そう、ああ、そう。天は俺をそういう人間って決めつけるわけね」

「そうだよ。ずるわる」

ずるわるってなんだ。なんでこのタイミングで新しい言葉を生み出すんだと呆れつつ、俯くことしかできなかった。俺はいつも自分を守ることしか考えていない。中学生の頃からずっとそうだ。

「藤生を責めてるわけじゃない。わたしもずるわるだから」

天がこういう目をする時は、もう決めている、という時なのだ。そうして天は自分で決めたことは、かならず実行する。手紙を取り戻すのをあきらめて、ふたたび石段をのぼりはじめた。

「天は、自分が手紙に書いたこと覚えとる？」

「うん。自分で書いた文章は、だいたい覚えてる」

小説も？　そう訊ねたが、天はなにも言わなかった。中学生の頃、何度もお願いしたのに、天は自分が書いている小説をぜったいに読ませてくれなかった。ミナには読ませているのかもしれないと思うとうらやましくて妬ましくてたまらなかった。天が書いているものを読んだら、一緒に音楽を聴いたり他愛ないことを喋ったりするより天のことを理解できるような気がした。まだ書いているのか、という質問にも、天は答えない。要するにそれが答えなんだろう。ひとつの夢を追い続けるほど強くなかった。ただそれだけのことだ。

そういえばこの前までへんな男と一緒に住んでたんだけど、と天が唐突に喋り出した。

「好きとかじゃなくて、弱ってたんだと思う。それで」

「やめて」

耳を塞いだ俺を見て天は「え、なにその反応」と怪訝な顔をするが、どうしても天が「へんな男」と同棲する話を聞きたくなかった。

「とにかく、かっこ悪いことしたんだ、わたし。ものすごくね」

自虐でも自嘲でもなく、事実を事実として述べているように聞こえて、だからもう、なにも言えなかった。次第に息が切れはじめて、天の話に頷くだけで精いっぱいだった。

のぼり終えたら、山の上にはすでに多くの人が集まっていた。太鼓が聞こえる。浮立の踊りを奉納する子どもたちが石段を上がってくるのが見え、ざわめきが大きくなった。

清水優香はまだミナの横にいて、こちらに気づくと「遅いー」と手を振った。

「ねえ、三島さん」

ようやく清水優香の目が天に向いたと思ったら、底意地悪そうに輝いた。

「まだ三島さんやろ？　結婚しとらんとやろ？」

「うん、してないよ」

呼吸を整えながらではあったが、天の口調はきっぱりしていた。

三島さんっぽいよねー、と清水優香が首を振る。どこか勝ち誇ったように。

「聞いとるよー、いつも。斉藤くんから。ほら斉藤くん、三島さんのお兄さんと仲良いやん？　仕事に生きとるとかでもないとやろ、よけいなお世話かもしれんけどさ、もういいかげんしっかりせんといかん年齢と思うっちゃん」

未婚だとか既婚だとか、そんなつまらないことで他人をいじる文化がいまだに存在している。肘差だからそうだというわけではなく、どこにでもそういう人間はいるのかもしれないが、それが自分の同級生だということに大げさでなく、言葉を失った。

「俺も、俺だって結婚しとらんよ」

とっさに口をはさんでしまった。ミナがすこし困ったように眉を下げる。

「藤生は男やろうもん」

清水優香は心からおかしそうに大きな口を開けて笑う。どうして黙っているんだ。隣で、無表情で突っ立っている天を見やる。俺の知っている天なら他人からバカにされたらちゃんと怒るはずだ。

「天、なんか言えよ」

怒れ。怒ってくれよ。懇願するような気分にすらなっている。さっきまで自分も天のことをかわいそうだと思っていたくせに、他人にバカにされるのは嫌だ。

「いや、これ同級生やけん心配して言いよるとよ。ね、悪う受け取らんでね、三島さん」

天は清水優香を一瞥したのち、俺を振り返った。

「藤生。他人に『しっかりしなきゃ』とか『その歳で』とか言うのは娯楽なんだから。手軽な優越感に浸るという娯楽」

「は？　なんて？」

清水優香の頬が赤く染まるのがわかった。

「そういう娯楽って最高だよね、なんせタダだし。はいはい！　ご忠告ありがとうございました！」

そう言い捨て、天は早足で歩き去る。そのまま社を通り過ぎて、見物客をかきわけて進んでいった。こらえきれなくなったようにプッと吹き出したミナを、清水優香がものすごい目で睨みつけていた。急いで天の後を追う。太鼓と笛の音が、だんだんと近づいてくる。木々の間から村を一望できる場所に、天はうずくまっていた。泣いているのかとのぞきこんだら、無表情で一点を見つめていた。

「だいじょうぶか」

「さっきの」

「うん」

気にするな、と言おうとしたが、そのあとに天が続けた言葉は予想もしないものだった。

「さっきの、このあいだ投稿して落ちた自分の小説で書いた台詞」

「え」

「勝手に口から出た。実際に声に出してみて思ったけど、ちょっと恥ずかしい台詞だったね。びしっと言ってやったぞ感が、ほらみんなスカッとするでしょ？　っていう驕《おご》りが、滲み出てるよ。そりゃ落選する」

自分の小説。今、天はたしかにそう口にした。

「今も書きよるとは思わんやった」

「書いてる」

どうしてさっきは答えなかったのかと問うと、「え？　さっき？」と首を傾げる。単に聞こえていなかっただけらしい。俺は再会した天の、いったいなにを見ていたのだろう。勝手に安堵して落胆して哀れんで、いい気になっていた。

「天、ごめん」

「ごめん？　なにが？」

「なんでも」

「よくわかんないけど、いいよ」

最近つきかけていた気力がよみがえったかもしれない、という天の言葉が、藤生たちに会ったから、と続くのを期待したが、天は「清水優香ちゃんに感謝しなきゃ」と呟き、立ち上がった。他人に「しっかりして」って言えるような生きかたのほうが、たぶん正解なんだ、そして人生は正解に沿って生きるほうがきっと楽だ、自分の頭で考えなくてすむから。天はそんな言葉を、ゆっくりと連ねていく。ひとつひとつ、手にとって確かめるようにして。

「いつも漠然と、誰かのことがうらやましかった。でもやっぱり他人の必死さを笑ったり、心配するふりして気持ちよくなったりする側より、笑われる側にいるほうがいい。

なんか、そっちのほうが合ってる」

俺もそっちがいいよ、と言ってから、そっちに行きたいよ、と言い直した。

「藤生はどっち側でもいいけど、とにかくまずは落とし前をつけにいこう」

落とし前、とくりかえすと、天がすこし笑った。

「大丈夫だよ、藤生。いこう」

星をあげる。いつだったかそんなことを考えていた。きらめく星を天に差し出せる男になる。そう思っていた俺は、ちっとも天のことをわかっていなかった。星を受け取っていたのは、いつだって俺のほうだった。わかった、と頷いたら、天も大きく頷く。

星をくれてありがとう。あとで、そう伝えよう。強い風が吹いて、天の前髪を持ち上げる。同じく風に吹きあおられた自分の髪を手で押さえようとしたが、じきにあきらめて乱れるにまかせた。どん、とひときわ大きな音で太鼓が鳴らされ、ざわめきが止み、子どもたちの息遣いだけが聞こえる。

浮立がはじまる。

子どもたちが手に持っているあの楽器の名を、自分がいまだに知らないことに気がついた。四角い板を二枚重ねた、カスタネットみたいな音が鳴るあの楽器。知ろうとも思わなかった。あんなに何度も手にしたものなのに。

太鼓が一度、大きく打ち鳴らされた。笛の音が響きだし、子どもたちが左手を空に掲げる。右肩、左肩、右膝、左膝、の順番でカスタネットもどきを当てると、かちっかちっと小気味良い音が鳴る。その一連の動きをまだちゃんと覚えている。最後に肘に手を当てるポーズがかっこ悪くて大きらいだったことも。同級生の中には十代で親になった子も何人かいるというから、この中に彼らの子どももいるのかもしれない。ということはわたしは、今踊っている子どもたちの親であったとしても別段おかしくないのだ。

たまに考える。自分が「選ばなかった人生」というものについて。選べなかった人生、かもしれない。後悔しているわけではなく、ただどうであっただろう、と考える癖がついている。選ばずに済んでしまった人生についても、よく考える。あの女子中学生連続殺人事件の被害者たちは、もしかしたらわたしだったかもしれないのだ。わたしは今日まで、ただ運よく免れ続けてきただけの人間だ。

子どもたちの輪の中心に、天衝《てんつく》をかぶった舞人が進み出る。三日月をかたどった銀色の天衝が木漏れ日を受けてきらっと光った。太鼓を打ち鳴らす間隔が徐々に短くなって、それにあわせて舞人の動きもはやくなる。一メートルもある天衝をかぶって頭をぐるぐると回転させるのは容易なことではない。腰を落とし、地面すれすれに天衝が振りまわされる。足袋をはいた足が力強く地面を蹴ると、さあっと砂埃が上がって空気に色がつく。見ている人びとから、わあっと歓声が上がった。舞人の身体が軽やかに跳ねる。ずいぶん長いこと空中で留まっていたように、わたしの目には見えた。手足が動くたび空気が大きくかきまわされる。こんなにダイナミックな踊りだっただろうか。自分が参加させられていた時はうんざりして下ばかり見て踊っていたから、天衝の舞人には注意を払っていなかった。舞人を囲む子どもたちの顔は、緊張のためか、ややこわばっている。どの子も真剣な目をしていて、昔のわたしみたいに、あークソめんどくせー、とか思っていそうな子はひとりも見当たらなかった。

「なつかしい」

隣で藤生が呟いた。かすかに目をうるませてもいる。

「そう……？」

わたしだって、藤生みたいに感動したかった。もちろん大人になった今あらためて見るとなかなか迫力があるなとは思うが、さすがに目をうるませるほどではない。やっぱり人間はそう簡単に変わったり、成長したりしないのだ。人間は、じゃなくて、わたしという人間は、なのかもしれないけど。

「俺たちもあんな感じじゃやったよね」

「わたしは違う」

汗の粒を光らせて踊り続ける子どもたちを見つめたまま、首を横に振る。もしかしたら内心ではあークソめんどくせーの子だっているかもしれない。だけど、その子はその子であって昔のわたしとは違う人間だ。鈴の音が鳴り響いて、浮立《ふりゅう》の奉納が終わったことを知る。拍手が沸き起こった。子どもたちはほっとしたように頬をゆるませて肩を叩き合う。石段をおりていく彼らとすれ違うようにして、ミナがひとりでこちらに歩いてきた。

「清水優香ちゃんは？」

「帰っちゃった」

これ、と差し出された封筒にしばし見入る。わたしからミナへの手紙はぷくにゃんのキャラクターが描かれた封筒に入っていて、ミナのわたしと藤生宛ての手紙にはパンジーとマーガレットの花が描かれている。いずれのレターセットもミナの部屋にあったものだ。

あの頃のわたしたちは、よく手紙をやりとりした。毎日学校で会っているのにもかかわらずだ。わたしは無地の安いレターセットに自作の消しゴムはんこを押して使っていたけど、ミナの机の引き出しには常に未使用のレターセットがいくつも入っていた。そんなことばかり、鮮明に覚えている。

見物に来ていた人びとも帰っていき、境内にはもうわたしたち三人しか残っていなかった。再建された真新しい社《やしろ》の前にはいくつかの草履が散らばっている。関係者はまだ中にいるらしい。ミナと藤生がわたしに書いたという手紙の封筒を受けとった。さっき藤生から奪いとった、藤生からミナに宛てた手紙の封筒をミナの手に押しつける。ミナはきょとんとした顔でそれをしばらく見つめてから、首を傾げた。観念したように藤生が息を吐いた直後に、ミナが微笑んだ。

「……あ、もしかしてわたし、どこかで落としてた？　この手紙だけ」

ミナは気づいている。藤生がさっきなにをしたのか。気づいていて、なおも「拾ってくれたんだ、ありがとうね」と藤生に向けるミナの笑顔は美しく、そして底知れない。おそろしいが、ふしぎと頼もしい。藤生の頬がゆっくりと赤く染まっていく。

離婚するの。ミナはわたしにそう言った。でもじつはあんまり心配はしていない。たぶんわたしたちが思っているよりずっとミナは強いから。

「じゃあ、読む？」

ミナが封筒を顔の横で振る。藤生がなにも言わないので、わたしが「うん、読もう」と頷いた。ミナはわたしの手紙を読みはじめる。

ミナへ

ミナ。どうしてわたしは、あなたじゃないの。

そんなこと言われても困るよね。でも、いつもそう思ってた。わたしは、ミナみたいにかわいく生まれてきたかった。東京生まれです、と言ってみたかった。乱暴じゃないお父さんと、やさしくてきれいなお母さんが欲しかった。わたしはミナになりたかった。

神社が火事になった日、わたし、家出しようとした。そのことを、はじめて話す。

理由はそのちょっと前に親からノートを捨てられたから。小説を書きためてたノートだよ。引き出しの奥に隠してたのに、わざわざ漁ったんだよ。で、「こんなの書くひまがあったら勉強しろ」って。もうほんとうに許せなくなった。朝出ていく前に見られて、ノートのことぜったい許さないって言ったら、頭とか顔とか叩かれて。叩かれるのははじめてじゃない。ずっと前から。でもミナには言えなかった。恥ずかしくて。あまりにもヤバンでしょ、だって。

バスで耳中駅まで行った。そこから福岡に出て、新カン線か飛行機で東京に行こうと思ってた。行けばなんとかなると思ってた。失敗したけど。

ミナ。それでね。今まで言えなかったことを言います。家出しようとした日、わたしは耳中駅でミナのお母さんに会いました。

ミナのお母さんがどうして耳中駅にいたのかは、言わないって約束したから言わない。ただ、わたしに言えるのは、ミナのお母さんとお父さんがリコンしたのは、たぶんわたしのせいだってことです。わたしがよけいなことを言ったから。ミナの家族がばらばらになったのは、わたしのせいなんです。

ほんとうにごめん。ごめんなさい。ミナは肘差村が好きだったのに。お父さんとお母さんと三人で仲良くくらしたいって、いつも言ってたのに。あやまらなきゃいけないと思ってたけど、どうしても面と向かって言えなかった。だから今こうして、手紙に書いてます。

これを読む時は、二十歳になってるんだよね。ミナはきっと今よりもっとかわいくなってるだろうね。幸せだといいな。わたしが言えたことじゃないかもしれないけど、幸せでありますようにって祈ってるよ。ずっとずっと祈ってる。今のわたしも、きっと二十歳のわたしも。ほんとうだよ。

天より

なにが祈ってるだよ。あらためて文面を思い出して、目の前が暗くなる。二十歳のわたしは、ミナの幸せなど祈っていなかった。自分が生き延びるだけで精一杯みたいな日々を送っていて、離れた場所にいる友だちのことなんて思い出しもしなかった。

「天のせいじゃないよ」

手紙を読み終えたミナが、ぽつりと呟く。自分のたったひとことでミナのお母さんが離婚を決めたなんて、さすがに今では思っていない。問題は、当時のわたしがミナへの手紙にそれを書いたことだ。面と向かって伝える覚悟はないけど手紙でなら言えるとばかりに。言えないのなら墓場まで持っていけばよいものを、秘密を抱える苦しさに耐えきれなかったのだ。苦しさから解放されようとしたのだ。そのうえミナから許されようとするなんて、ひどいことだ。罪を告白して楽になろうとすることは、許されたいと願ったわたしは、ずるい。

「ね、天も読んで」

ミナに促されて、わたしは封筒に視線を落とした。取り出した便箋にはなつかしい、整っているが丸みのあるミナの字が行儀よく連なっていた。

友だちでいてくれてありがとう、という言葉から、その手紙ははじまっている。「わたしは天が好き。いつまでも、クモを逃がせる天でいてね」というくだりだけはなんのことなのかよくわからない。芥川龍之介の『蜘蛛の糸』的な比喩なのだろうか。天はわたしの理想だったよ。手紙の最後にはそんなことが書かれていて、笑ってしまう。ミナに勝っている部分なんてなにひとつなかったわたしが「理想」とは、いかしたギャグだ。

藤生がいないと思ったら、いつのまにかわたしたちから離れて石段に座っていた。その背中がすこし震えている気がして、声をかけずにそっと離れる。藤生からの手紙を開くと、一行しか書かれていなかった。あの時はごめん。たったそれだけ。ふと見るとミナが便箋を持ったまま自分の胸を押さえていて、ああ藤生の手紙を読んだんだな、と理解した。衝撃を受けはしただろうが、それはミナ自身が解決すべき問題だ。

社の戸が開いて、遠藤さんが出てきた。他にも白い着物のおじさんがふたりほどいて、遠藤さんは彼らとふたことみこと話をしたのち、わたしに近づいてくる。

「どうした？　なんかあった？」

「いえ、中学生の時に書いた手紙をみんなで読んでただけです」

「中学生の時に書いた手紙を、今？」

遠藤さんはどうにも得心がいかぬという表情を浮かべている。気持ちはわかる。

「まあ、タイムカプセル的なやつですね」

わたしの補足に、遠藤さんはいきなり「うわ！　青春！」と空を仰いだ。数歩離れたところに立っていたミナが驚いたように一瞬こっちを見たのがわかった。

「どうね、十数年ごしの藤生からのラブレターは」

「は？　ラブレター？」

ぎょっとするわたしの背中を、遠藤さんが大笑いしながらばしっと叩く。

「藤生は天ちゃんに惚れとった。誰でも知っとる話やったて」

わたしは知りませんでした、と言いかけて口を噤《つぐ》む。いったいいつまで自分を偽り続けるつもりなのか。石段に座っている藤生の背中に、もう一度視線を送る。

ねえ、なんであの時駅に来たの？

わたしから藤生に宛てた手紙には、そう書かれている。

藤生へ
ねえ、なんであの時駅に来たの？

天の味方だって、あれはウソだったの？　それとも味方だからこそ家出を止めたの？

それとも藤生から呼び出されたのに行かなかったから怒ってたの？　でもわたし電話でちゃんと言ったよね、行けないって。

これを読んでいる藤生はもう二十歳になってるはずだから今さらこんなこと言われても困るかもしれないけど、目の前でなんだかむずかしい顔をして手紙を書いてる藤生の顔を見ていたらほんとにむかついてきました。

あの時のことをききたくても、藤生は今日までずっとわたしのことさけてたよね。だから、なんだか知らないけどわたしのこときらいになったんだろう（今まで好かれてたとも思ってないけど、あ、ちなみにこれ恋愛的な意味じゃなくて）と思ってた。

あらためて、二十歳の藤生に伝えます。あの時駅に来たことを、わたしはぜったいに許さない。

天

藤生が、五十嵐が放火したなんてわけのわからない嘘までついて(誰も信じていなかったけど)、わざわざことを大きくしてまでわたしを連れ戻さなければならなかったことの意味を、わたしは理解しようとしなかった。理解したくなかった。

もちろんあの日、藤生が来なければあのまま東京に行ってどうにかなっていたなどとは思っていない。そもそも駅に到着した時点で、ミナのお母さんに見られてしまったし。

あの日、耳中駅前でバスを降り、駅の構内に入って切符を買っている時に、ミナのお母さんから肩を叩かれた。「どこに行くの」と訊かれて、馬鹿正直に話してしまったのだった。ミナのお母さんならわかってくれる気がしたから。わたしがあの村で、あの家で、どれほど窮屈な思いをしているか、きっとわかってくれるはずだと思いこんだのだ。でも彼女は「もうすこし待ちなさい」と繰り返した。わたしをベンチに座らせて、肩を抱くようにして、何度も何度も。

「ねえ、もうすこし待ちなさい。こそこそ家を出るより、正当な手段を使って逃げられる時期が来るまで」

「でも、もう耐えられないんです」

「わかるよ。すごくよくわかる」

安易な同調でないことは、声の調子でわかった。ミナの両親の不仲は、村のみんなが知っている。

「ミナのお母さんも逃げればいいのに」

ミナのお母さんは、わたしから目をそらして、黙りこんだ。そうね、という返事があるまで、ずいぶん長く待たなければならなかった。

「天ちゃん、秘密、守れる？」

「はい」

「あのね、一緒に肘差村から出て行こうって、わたしに言ってくれた人がいたのよ」

それはつまり、かけおち的な話だろうか。「出発は今日」という予想外の言葉が続いて、思わず周囲を見まわした。ミナのお母さんのかけおちの相手がそのあたりにいると思ったのだ。きょろきょろするわたしの肩に、ミナのお母さんの手が置かれた。

「その人と一緒に行くか、それとも『行けないけど、元気でね』って伝えるか、顔を見て決めようと思ってたの。だからここまで来たんだけど、いないの。きっともう、電車に乗っちゃったのね」

「行きましょう。追いかけましょう」

わたしはベンチから立ち上がろうとした。

「逃げましょう。あなたは大人だから今すぐ『正当な手段』を使える」

その時、ミナのお母さんの顔が日が射したみたいに輝いた、ように見えた。

「そうね。そのとおりね、天ちゃん」

「そうですよ」

そしてあわよくばわたしも連れていってほしい。東京に着いたらあとは自分でなんとかするから。本気でそう願ったわたしは、ミナのことを完全に忘れていた。

「そうできたら、きっとすてきね」

ミナのお母さんはそう言いながらも、わたしの手を引いて、ふたたびベンチに座らせた。

「そうね、わたし、逃げる」

だけどそれは今じゃない。彼女がそう言った時、わたしは駅の構内に駆けこんできた遠藤さんたちの姿を見た。そして、家出は失敗に終わった。

東京から来たあの五十嵐という男が村を出たと聞いてまさかあいつがミナのお母さんのかけおち（未遂）の相手じゃないだろうなと疑ったけど、たぶん違う。だって、どうがんばってもあのふたりが一緒にいるところを想像できない。

ミナのお母さんはその後、「正当な手段」を使った。うちの親、離婚するんだって。翌年になってミナからそう告げられた時、あの日のことを思い出した。しかたないよね、とさびしそうに笑うミナは、目の前にいるのに、遠かった。遠ざけたのはわたしだった。わたしはミナの友だちとして、もっと違うことを言うべきだった。でもわたしはあの時ひたすらにこの人が自由になれたらわたしもそうなる、と思いこんでいた。ミナがどうなるか、ということはあの瞬間とてもちいさな問題だった。自由になりたい。ただそれだけ。自由の意味さえ知らなかったくせに。言葉はいっぺん相手にぶつけてしまったら取り消せない。やっぱりあれはなしで、とミナのお母さんに言いたくても、もう無理だ。

「天ちゃん。藤生の気持ち、ほんとうにぜんぜん知らんやったと？」

あきれたように、遠藤さんが首を振る。

「藤生はなんにも言わなかったから」

「態度とかでわかるやろうもん」

ぶつけてしまったら取り消せないけど、言葉にしてもらわなければわからないことだってある。ちゃんとせんか、なんでわからんとか、と父はかつてわたしによく怒った。自分の「躾」がすこしも伝わらないことに腹を立てて、何度も、何度もわたしを叩いた。叩いたら伝わると思ってるみたいに、調子の悪くなったテレビや洗濯機みたいに、何度も、何度も。

石段に座っている藤生はこちらに背を向けたまま、微動だにしない。もうわたしの手紙を読んだだろうか。許さない、なんて、今はもう思っていない。なにを言葉にして伝えるか。あるいは、伝えないか。わたしたちはいつもその選択を迫られる。そうしてたいていの場合、まちがったほうを選ぶ。藤生はわたしに自分の気持ちを伝えようとはしなかった。だから、気づかないふりを続けていられた。

「気づかないふりしていたんだと思います。わたしはずるわるなので」

「ずるわる？」

「ずるいし、悪いという意味です」

遠藤さんは「まあ。これぱっかりは、ね」としかたなさそうに笑った。

「神さんは見てる、ばちが当たる、とうちの親なら言うでしょう」

神さまが見ている、という親の言葉に反発してきた。そのくせずるいことをやってしまうたびに心が痛むのは、「ばちが当たる」という感覚がしみついてしまっているからだ。反発すればするほど、存在感を増す。強く吹いた風に木々が揺らされて、葉がざわざわと音を立てる。天ちゃんがずるいかどうか知らんばってん、と遠藤さんが額の汗を拭う。

「ずるいことをしたらばちが当たるて俺もよう言われたよ」

肘差神社が燃えた時にも、「たたりがある」だとか「神さまの怒りにふれる」とか、大人たちが大まじめな顔で話していた。

「でも神さまがおるとしたら、おるとしたらよ、天ちゃん。そんなせこいこと、考えるかな？」

人間がみんな弱くてずるい生きものだと神さまはきっと知っている。その弱くてずるい生きものが考えることやすることにいちいち目くじらを立てて罰を与えたりはしないんじゃないのか。そういう意味のことを、遠藤さんはのんびりした口調で語った。

「神さまはちゃんと見とらすよ。俺たちがすることを、ぜんぶ。でもただ見とらすだけ」

「見ているだけ、ですか」

「というわけで、ずるくてもだいじょうぶ」

なにかまだ片付けが残っているらしく、遠藤さんは「だいじょうぶだいじょうぶ」と繰り返し、わたしの返事を待たずにふたたび社の中に戻っていく。

手紙を読み終えたらしい藤生とミナがそれぞれ、こちらに向かって歩いてきた。藤生の目のふちがかすかに赤くなっており、ミナはそのことに触れないようにしようとでも思ったのか「さ、帰ろうか」と背を向け、軽やかに石段を駆けおりていく。わたしにはちょっと追いつけないほどのスピードで。

「ミナ、ちょっと待って」

声をかけると、ミナは振り返って笑った。いつもの曖昧な微笑みではなかった。どう見ても、悪戯《いたずら》を思いついたばかりの子どもの笑顔だった。

「先、行ってるよ」

先、行ってるよ。それはなにか、重大な宣言みたいに聞こえた。でも焦りはしない。わたしにはわたしの速度や、足の運びかたがある。隣を見ると、藤生はなんだかうっすら青い顔をしていた。

「……どうしたの？」

「苦手で」

「なにが」

「くだりの階段が」

長い階段をおりる時いつも転げ落ちてしまいそうな気がしてこわいのだという。昔からそうだったらしいのだが、今はじめて知った。あんなにたくさん喋って、一緒に過ごしたのに。

「そりゃ隠しとったよ。隠すに決まっとるやん」

「なんで」

「やっぱり、かっこつけたいし、好きな女の子の前では」

現在のわたしはもう藤生の「好きな女の子」ではなくなったから、かっこつける必要はなくなったということなのだろう。奇妙な安堵感をおぼえつつ、藤生にもまた「かっこつけたい」などという見栄っぱりな気持ちがあったことを知る。

「ゆっくりおりたらいいよ。ほら、手すりにつかまって」

藤生は青い顔のまま頷く。本人は必死なのだから、笑ってはいけないと思った。

「あのね。ずるくてもだいじょうぶらしいよ」

さっき遠藤さんにそう言われた時、つめたい風を額に受けたような感覚があった。あるいは新しいシャツに袖を通した時のような。きれいな水で顔を洗ったような。ひとことで言うと「すっきりした」となってしまうのだが、ひとことで済ませるのは惜しい。

天はわたしの理想だったよ。そのミナの手紙を読んだ時はいかしたギャグだと思ったけど、そうじゃなかったのかもしれない。わたしたちの目はいつだって、見たいものだけを見たいように見る。実際の相手ではなく、自分がこうだと思う相手の姿だけを見たがる。

つま先に当たった小石が音をたてて落ちていく。烏《からす》が鳴いたから、顔を上げた。夏の名残のようなもこもこした雲が浮かんでいて、手を伸ばしたら触れられそうに近かった。

「ずるくないやつは、どこにもおらんよ」

ゆっくりゆっくり石段をおりながら、藤生が息を吐いた。

「そうかもね」

でも天、と続けた藤生の声はずいぶん落ちついていた。石段は残り半分ほどで、ようやく恐怖心も薄らいできたようだ。

「俺は天みたいな人間に、今までにいっぺんも会ったことないよ。たぶんこの先もない。誰も、天にはなられん」

わたしが他の誰かになれないように、他の誰かもまたわたしにはなれない。残念だが、わたしはわたしを引き受けて生きていくしかなさそうだった。

「次、公募に出す小説に、くだりの階段が苦手な男、書いていい？　味わい深い脇役に仕上げるから」

「え、脇役か」

「主役じゃない気がする」

「読ませてくれるならいいよ」

「衝撃のデビュー作として、そのうちどこの書店でも買って読めるようになるよ」

バカな話をしながら、ほんとうに終わったのだと知る。中途半端に途切れて止まったままだった時間が、今ようやくほんとうに終わった。これでいい、と呟いた。最高の終わりかたではないかもしれないけど、今はとりあえず、これでいい。

言葉はいっぺん相手にぶつけてしまったら取り消せないから、わたしはまたいつか人を傷つけるし、傷つけられもする。それが誰かと関わりながら生きていくということならば。

「のぞむところだ、っていう気分」

「なんの話？」

ミナがまだ階段の半ばにいるわたしたちに向かって、大きく両手を振っているのが見えた。わたしも手を高く上げながら、わたしたちの話、と藤生に言った。雲が動いて、目にうつる世界がほんのすこしだけ色を変えた。

解説

伊藤朱里（作家）

どうしてわたしは寺地はるなじゃないの、と、ずっと思ってきた。

私は寺地さんと同じ年に単行本デビューをした作家で、いわば同期であり、友人でもある。だが、彼女がポプラ社小説新人賞を受賞して『ビオレタ』を刊行する前から、その存在を一方的に知っていた。同じ時期に他の新人賞で最終候補に残っていた私は、主催の出版社でこれから担当してくれるという編集者と何度か打ち合わせをしていた。その際「うちの賞の最終選考に二年連続で残った人が、今度ポプラ社からデビューする。うちの傾向とは違ったけど実力のある方なので、評価されて本当によかった」と聞かされたのだ。

衝撃だった。当時の私は数打ちゃ当たるの精神で様々な新人賞に応募してはいたが、すでに自分の実力不足や勉強不足を痛感していた（その痛さはデビュー後から現在まで限界値を更新している）。こっちが血を吐く思いでやっと這い上がった最終候補というリングに、二年連続で？　一回ならまだしも二回なんて、運以上のものがないと絶対に無理だ。なにそれ、寺地はるなってどんな化け物？

そんな気持ちでほどなく刊行された『ビオレタ』をおそるおそる読み、またしても衝撃を受けた。とても面白かったから。

凡人を置いてけぼりにする深遠な高尚さ、あるいは「癒されたい」といったわかりやすいニーズに応える計算高さが垣間見えれば、私は『どうしてわたしはあの子じゃないの』に登場する天の言葉を借りれば「ずるわる」なので、私にはこれがないから選ばれなかったんだ、不器用ですから……と悲劇の主人公ぶって言い訳できたかもしれない。

寺地さんの作品には、そのどちらもなかった。いや、あるのかもしれないが、少なくとも読了後に私が感じたのは「この書き手は信頼できる」という読者として、生きるために読書を必要とする人間としての、彼女の作品に出会えたことへの痛いくらいの安心だった。その書き手としての信頼感は今作の序盤、天が自分のパン工場での仕事について語る場面にも顕著に表れている。もちろん天と寺地さんは違う仕事に就く違う存在だが、少なくとも寺地さんは「こういう姿勢で仕事に臨む人を、こういうふうに表現できる人」なのだ。

『ビオレタ』読了後、私はすぐにSNSを通じて寺地さんに連絡した。嫉妬と劣等感の塊で、それを受け入れられないほど認知がいびつで、私の醜い感情を掻き立てるまわりの新人作家みんな消えるか幸せになりすぎて小説書く必要なくならねーかな……と日々黒い気持ちでいた当時の自分からすると、考えられない行為だった。それほど彼女の作品は良かったし、私を含むたくさんの人にとって必要だと感じられたのだ。

それからの寺地さんのご活躍については、読者の皆様のほうがご存じだろう。一方の私である。どうにかデビューしたもののその後二、三年はボツの連続で、やっとの思いで刊行した単行本も書店で見かけることはほぼなかった。最初はよくしてくれた編集者も大半が去っていった。ようやく重版を経験し、再デビューのつもりで頑張ろうと意気込んだ矢先にコロナ禍が来て調子を崩してまた仕事を頓挫させた。自暴自棄になり「私って典型的な一発屋ですね～」と編集者（寺地さんの存在を教えてくれた人だった）に話したら「僕からすればまだ何も打ち上げていませんけど……」と鼻で笑われ、先回りして自嘲することでどうにか守ろうとしていた心も折れた。

自分を寺地さんと比べてとりわけ苦労しているとは思わないし、その点の比較に興味はない。いつ寝てんですか？　と訊きたくなる（実際に訊いたこともある）筆の速さも輝かしい賞歴もたしかに羨ましいが、それらはあくまで彼女の付加価値でしかない。私が「どうしてわたしは寺地はるなじゃないの」と思うに至った経緯は、もっと単純だ。私がただ足踏みをしているあいだに、寺地さんは書き手としてどんどん自分の道を切り拓いていく。私が考えるようなことは寺地さんがもう考えて、私よりずっと練られた言葉で、勇気を持って先に踏み込んで、表現してくれている。新作を読むごとに、そう痛感させられる気がしたからだ。

読者として身を任せるには最高だが、同業者として肩を並べようとするのはつらかった。シンプルに劣等感で殴られるか、自衛のために「さすが寺地さん、私にはとても無理!」と過剰な崇拝の色眼鏡をかけるか、いつのまにかどちらかになってしまった。私は寺地さんの小説と寺地さんが好きだから、そんな形で彼女の作品を消費することに耐えられず、よほど心身の健康が保たれていないと読めなくなった。そして「心身の健康が保たれる」ことがどれだけ奇跡的かは言うまでもない。

だから今作も恥ずかしながら、解説の依頼を頂いたこのタイミングで初めて拝読した。

「どうしてわたしはあの子じゃないの」

タイトルの問いに答えがあるとするなら、作中である人物が語る「あなたはあなたにしかなれないのよ。どこにいたって」がそれにあたるのだろう。だが、そんなわかりやすい模範解答はあまり重要ではない。SNS映えするキレのいいフレーズで物事を一刀両断して気持ちよくなるために、この小説が、そして多くの(すべての、とは言えない)小説があるわけではない。寺地さんの作品に登場する人たちの言葉が胸を打つのは、その一言を口にするまでの彼らの人生、それを裏打ちする真摯な生き方とフェアな目線を、作者がつとめて注意深く尊重しようとしているからだ。

自分はかわいそうで弱い「特別」な存在であり、周りはみなそれ以外の「嫌なやつ」

だと思うのは気持ちがいい。現にそういった物語も量産されている。今作にも嫌な大人および大人予備軍が大勢出てくるし、作中主体となる天もミナも藤生も、そこから来る苦しみや違和感から目を逸らさず、その理不尽さを痛々しいほど誠実に言語化してみせる。だが彼らにはそれ以上に、自分の欺瞞に対して目を向ける公正さがあり、私はそこが好きだ。

「他人は自分のさびしさを埋めるために存在するわけじゃないですから」

「勝手に口から出た。実際に声に出してみて思ったけど、ちょっと恥ずかしい台詞だったね。びしっと言ってやったぞ感が、ほらみんなスカッとするでしょ？　っていう驕りが、滲み出てるよ。そりゃ落選する」

本質を突く天の言葉に「痛い」と思いながらも嫌な感じがしないのは、彼女がわかりやすい言葉で人を切って快感を覚えることを目的とせず、むしろ自分のほうをより深く鋭く抉ろうとする正直さを持っているからだ。

一方、作中を通底するフェアな眼差しは、見過ごされがちな「静かで良きもの」にも向けられる。間接的に天・ミナ・藤生の再会のきっかけとなる青年団の遠藤さんは、旧弊な人が多い村で器用に立ち回りつつも、子供たちに「俺は理解者だ」という押しつけがましい顔はしない。だが、そのまっとうな態度はさりげなく彼らの呼吸を楽にしつづけてきた。その積み重ねの描写があるからこそ、後半で彼が口にする言葉が説得力を伴い、かつて子供だった彼らを、そして読者をも救ってくれる。この台詞があればいいのではなく、ずっと静かに真面目だった遠藤さんが言うからこそ、この台詞は「良いもの」になるのだ。

寺地さんの本はよく「共感」や「やさしい（ぜんぶひらがな）」という言葉とともに書店に並ぶ。そのほうが需要があるからだろう。私は寺地さんの本を多くの人に手にしてほしいので、たくさん売れるようなコピーを添えられること自体には不満はない。だが、その「共感」しやすい言葉、いわゆる「名言」がひとつの小説で生まれるまでに登場人物たち、そして寺地さんが丁寧に通ってきたわかりやすくない部分、簡単には言葉にできない部分が、ふるい落とされてしまうとしたらすごくもったいないと懸念している。名言をなぞって世俗を斬る快楽に溺れて、肝腎なその過程まで一緒に切り捨ててしまうのは本末転倒だ。

寺地さんの作品が、たとえばこの小説が単行本化された際の帯文のように「あなたは、そのままでいい」と言ってくれたとする。一見「やさしい」言葉の裏にはその結論に至るまでの血の通った苦しみや悩みがあり、寺地はるなの真骨頂はそこにこそ宿ると私は考えている。寺地さんの小説が「やさしい」としたら、それは読者を甘やかしてくれるからではない（個人的には厳しく感じることのほうが多い）。ただ、ここまで見て、言葉にしようとしてくれるこの書き手は、きっと私のことも見捨てないし、見逃さない。

そう、信じさせてくれるからだ。幼なじみを「灰汁みたいに」うらやむ天であり、天を見て自分の「軽薄さが浮きぼりになる」ように感じるミナであり、エゴからくる裏切りを正当化する藤生であり、過去の自分の痛々しい言動に身悶える五十嵐である、私のことを。

どうしてわたしは寺地はるなじゃないの、と、いまでも思いつづけている私のことを。この問いの答えはもうとっくに出ている。だから、気持ちよくわかりやすい答えは必要ない。自分の「ずるわる」に身悶えながら、それでも「ずるい人がいるなー」とただ見ていてくれる「誰か」を支えにして、私はこれからも私でしかないまま生きていかざるを得ない。楽な道ではないが、幸い、私にはまだ読んでいない寺地さんの小説がたくさんあるし、おそらくこれからもたくさん出会える。それらはきっと、ただ見ていてくれる神様みたいに「ずるわる」な私に寄り添ってくれる。

だからまあ、たぶん、大丈夫だ。

今作を読み終えたいま、私はごく自然にそう思えている。そこに辿り着くまでの過程は違っても、この本を読んで同じ言葉を思い浮かべた読者の方も多いはずだ。万人向けに量産された「大丈夫」ではなく、自分の人生にとって必要な「大丈夫」を与えてくれる。この作品のそんな唯一無二の力が、こういう時代だからこそ「自分のためだけの言葉」を必要とする方々に、正しく届くことを願っている。

本書は二〇二〇年十一月に小社より刊行されました。
文庫化にあたり加筆修正を行っています。

双葉文庫

て-06-01

どうしてわたしはあの子《こ》じゃないの

2023年11月18日　第1刷発行

【著者】
寺地《てらち》はるな

【発行者】
箕浦克史
【発行所】
株式会社双葉社
〒162-8540 東京都新宿区東五軒町3番28号
［電話］03-5261-4818（営業部）　03-5261-4831（編集部）
www.futabasha.co.jp（双葉社の書籍・コミックが買えます）
【印刷所】
大日本印刷株式会社
【製本所】
大日本印刷株式会社
【カバー印刷】
株式会社久栄社
【DTP】
株式会社ビーワークス

【フォーマット・デザイン】
日下潤一

ISBN978-4-575-52704-9 C0193
Printed in Japan

双葉社　好評既刊

まずはこれ食べて

原田ひ香

池内胡雪は多忙なベンチャー企業で働く30歳。不規則な生活で荒れていく社内環境を改善しようと、社長の提案で会社に家政婦を雇うことに。派遣された家政婦の筧みのりは無愛想だったが、心がほっとするご飯を作ってくれて――。人生の酸いも甘いもとことん味わう、滋味溢れる連作短編集。

双葉文庫　本体730円＋税